「それじゃあ、またな、ラスト」
SSSランク探索者
REFILL
リフィル
「ラストさんと一緒なら力になれるはずです。一緒に行かせてください」
不遇な役割
『トラブルメイカー』
を持つ探索者
SFOR
スフォル

ギルド受付嬢
STELA
ステラ
「気を付けて行ってきてくださいね」
「わかった。無理はするなよ」
史上最弱の役割
『雑魚』を持つ探索者
LAST
ラスト

リフィルは俺をギュッと抱きしめた。
「気にするな。無事でよかった……」

雑魚は裏ボスを夢に見る

～最弱を宿命づけられたダンジョン探索者《シーカー》、二十五年の時を経て覚醒す～

ミポリオン

ぶんか社

C O N T E N T S

■プロローグ

泣き叫ぶ人々の声、徘徊《はいかい》する巨大な獣、倒壊した建物。

燃え盛る炎で真っ赤に染まったそれらが、小さな少年の視界を埋め尽くしていた。

「来るな、来るな、来るなぁあああっ」

「いや、止《や》めて、来ないで!!」

「死にたくない……」

複数の化け物が次々と村に侵入してくる。

しかし、たった六歳の少年は、何もできないまま声を出すのも忘れ、ただただ、人々が化け物に襲われていく様を見つめることしかできなかった。

少年の村を襲ったのはモンスターと呼ばれる、人を襲い、その肉を喰《く》らう存在だ。

見た目は獣とそう違いはない。しかし、秘めた力は全くの別物。

闘う力のない人たちではなす術《すべ》なく殺されてしまう。

勿論《もちろん》戦う力を持つ大人たちはいるが、その大人たちでさえ、モンスターに苦戦していた。

そして、次々と人々が襲われる中、少年に影が落ちた。

「あ……あ……」

目の前にいたのは巨大な黒い狼《おおかみ》。普通の狼の数倍はある。

その口元は血に濡《ぬ》れ、口から覗《のぞ》く巨大な牙から地面に血が滴り落ちていた。

喰われる……。

目が合った瞬間、少年はそう思った。

狼は身を引いて獲物に喰らいつく予備動作に入る。

「だ、だれか……助けて……」

少年がようやくできたのはただ願うように呟《つぶや》くだけ。

狼は放たれた矢の如《ごと》く少年に襲い掛かった。

もうだめだ……。

少年は恐怖で目をギュッと閉じる。

次の瞬間、目を瞑《つぶ》っていてもなお眩《まばゆ》い光が降り注いだ。

少年はうっすらと目を開ける。

流れ星のようなその光は、その場を包み込み、燃え盛る炎も、村を襲う化け物も全て消し去った。

その真っ白な世界に、銀色の髪を煌《きらめ》く星々のようになびかせる少女がただ一人佇《たたず》んでいる。

「無事か？」

その少女はゆっくりと後ろを向いて尋ねる。その言葉遣いは堅く、少女とは思えない。

「え、あ……」

顔が見えた瞬間、少年は目を奪われた。

年の頃は十代後半。月に照らされて、まるで絹糸のような光沢を放つ青みを帯びた銀髪。浅黒い肌と全てを見透かすような澄んだ紫色の瞳。そして、均整のとれた体つき。

白色のドレスと白銀の鎧《よろい》が合わさった衣装に身を包むその少女は、少年を優しげに見下ろした。

少年には彼女がまるで、自分たちを助けに来てくれた女神様のように見えた。

「女神様？」

「ははははっ。私のことか？　そう言ってくれるのは嬉《うれ》しいが、そんな大層なものじゃないぞ」

呟きを聞いた少女は、笑いながら少年の前にしゃがんで優しく撫《な》でる。

「だが、安心しろ。怖いものはもう全て倒した」

少女は何を思ったのか、少年をぎゅっと抱きしめる。

少年は恥ずかしくなって身じろぎしたが、少女の力が思った以上に強くて抜け出せなかった。

そして、暫《しばら》く抱きしめられていると、なんだか安心してくる。

少年は緊張の糸が切れたのか、いつの間にか目を閉じていた。

■第一章　二十五年越しの進化

辺りは凸凹した岩壁に囲まれた洞窟。

明かりはないが、岩肌が淡く発光し、ある程度視界が開けている。


ここは〝ダンジョン〟


迷路のように入り組んだ地形で、ゴブリンをはじめとする異形の存在、通称モンスターがどこからともなく出現して人々を襲う危険地帯。

しかし、その内部には地上にはない価値ある資源やお宝、武器防具、そして不可思議な道具などが眠っており、多くの人間がそれらを求めて日夜ダンジョンに潜っていた。

俺——ラスト・シークレットもその中の一人だ。

「はぁ!!」

目の前のゴブリンを剣で斬りつけた。

ゴブリンは、人間の子供くらいの大きさで、緑色の肌に鷲鼻《わしばな》の毛がない顔とポッコリとした腹を持つモンスター。

「ゴブゥッ!?」

攻撃を受けたゴブリンは、そのまま倒れて空気に溶けて消える。

残ったのは魔石と呼ばれる石が一つだけだ。

八面体に近い歪《いびつ》な形をしていて、拾い上げた魔石は小指の先ほどの大きさ。

この魔石は便利な道具の動力源として扱われ、街で買い取ってもらうことができる。

「はぁ……はぁ……やっと五匹目か……」

五匹。これは俺が今日一日かけて倒したゴブリンの数だ。

ゴブリンはダンジョンでも最弱のモンスター。

それなのに、俺は一日かけても五匹しか倒すことができない。

それは主に二つの問題に起因していた。

一つは俺が一匹のゴブリンを倒すのにすら時間がかかること。

もう一つは、俺が弱すぎて複数のゴブリンを相手にできないため、一匹だけ逸《はぐ》れているゴブリンを探すのにとても苦労することだ。

五匹倒せればどうにか今日明日の宿代にはなる。

魔石を換金して宿で寝てまたダンジョンに潜る。

俺はこの生活を十三歳のときからもうかれこれ二十五年間続けていた。

ダンジョンに潜って生計を立てる者を探索者《シーカー》と呼ぶ。

探索者《シーカー》は、ランク制になっていて、最下級からF、E、D、C、B、A、S、SS、SSSの順にランクが上がっていく。

他の同期の連中はとっくに高ランク探索者《シーカー》であるBランク以上になっているか、見切りをつけて他の仕事で一旗揚げていた。

それなのになぜ俺が二十五年もゴブリン狩りを続けているのか。

それはこの年になっても未《いま》だに探索者《シーカー》の最高ランクであるSSSランク探索者《シーカー》になる夢を諦めきれなかったからだ。

これは命の恩人との約束。俺は彼女との約束を絶対に守りたかった。

それに希望はまだ残っている。

それがだめだとわかるまでは諦めるわけにはいかなかった。

「はぁ……はぁ……すーはー。今日も生き延びられた……」

俺は今日も怪我《けが》をせずに無事に終えられたことに安堵《あんど》しながら、ダンジョンから地上へと戻った。

地上に帰ってきてから俺がやってきたのはギルド。教会であり、役所でもある。

ダンジョン都市では、業務の中に探索者《シーカー》の扶助《ふじょ》も含まれている。

屋内は神殿のような造りに役所が入っているイメージ。俺は馴染《なじ》みの受付嬢の許《もと》に向かった。

「ラストさん、これが報酬になります。お疲れ様でした」

「ありがとう」

彼女と事務的なやり取りをこなして報酬を受け取り、巾着に仕舞って入り口に向かう。

彼女とは二十五年の付き合いだ。

ゴブリンだけを狩っている俺を蔑《さげす》んだり、見下したりしたことは一度もない。

職務に忠実な彼女は俺にとって救いでもあった。

「おい見てみろよ、あいつ例の『雑魚《ざこ》』だろ？」

「今日も共食いしてきたのか？　いい加減そろそろ諦めたらいいのにな」

一方で、ジロジロと蔑むような視線を俺に投げつけて陰口を言う連中がいた。

「おい止めとけ。忘れたのか？」

「そ、そうだったな……」

ただ、諫《いさ》める連中もいる。

それは、〝全ての役割《ロール》は神の下に等しく必要不可欠〟という規律があるからだ。

その規律は口だけでなく、守らなかった者には厳しい罰が下る。

とはいえ、陰口はなくならないが……。

『雑魚』というのは俺の役割《ロール》のことだ。

役割《ロール》とは十三歳のときにギルドで洗礼の儀を受ける際、神から授かる恩恵のことだ。

その役割《ロール》に応じて、身体能力や魔法能力などを数値化したパラメータや、魔法の適性や剣術などといった、特殊な能力や技術をスキルとして得ることができ、それらを合わせてステータスと呼ぶ。

昔助けてくれた探索者《シーカー》に憧れてダンジョン都市にやってきた俺が授かった役割《ロール》は『雑魚』。

最低の能力値に、役割《ロール》特有の固有スキルも多くの人に共通で発現するスキルも一切なし。

文字通り『雑魚』という名にふさわしいステータスそのもの。

共食いとは『雑魚』である俺が、雑魚モンスターのゴブリンを狩っているのを揶揄《やゆ》する言葉だ。

俺は立ち止まって自分の探索者《シーカー》カードを取り出して自身のステータスを確認する。

名前　ラスト・シークレット
種族　普人族

役割《ロール》　雑魚
レベル　98／99
能力値
身体　：1
精神　：1
器用さ　：1
抵抗力　：1
運　：1

探索者《シーカー》カードはギルドで探索者《シーカー》登録した際に授与されるカードだ。

このカードには自身のステータスを見る機能が付いている。

ステータスには、身体、精神、器用さ、抵抗力、運の五つのパラメータがある。

身体は体の頑丈さや身体能力などの体そのものの強さ、精神は魔法や魔力、そしてスキルの強さ、器用さは命中率や武器の扱いの習熟度、武器や防具、それに道具の作成への適性への高さ、抵抗力は毒や麻痺《まひ》などの体に対するに悪影響への抵抗力の高さ、運は良いことが起きやすくなる確率の高さに影響を与えている。

浮かび上がった半透明の板の上には、二十五年間変わらない能力値と意味もなく上がるだけのレベルの値が浮き出ていた。

能力値は以前は最低が十だと思われていたが、俺の役割《ロール》が叩《たた》き出したことで一が最低だと認識されるようになった。

　これは最弱のモンスターのゴブリンと変わらないステータス。

　いや、むしろゴブリンよりも低くて、装備でどうにか倒している状況だった。

「はぁ……やっぱり上がらないのか……？」

　もうかれこれ五年、レベルが九十八から上がってない。

　まだ経験値が足りないのか、もうゴブリンでレベルを上げられないのか、その原因はわからない。

　しかし、縋《すが》れるのはもうそこだけだった。

「いやぁ、つっかれったなぁ!!」

「そうね。やっぱり五十層のボスはハードだわ」

「長期休暇が欲しい」

「今回のダンジョン探索は長かったから、暫く休みにするよ」

　そのとき、一回りは年下の探索者《シーカー》の四人組がギルドに入ってきた。

　彼らは同期の中でも出世したパーティの一つで、Bランク探索者《シーカー》にまで上り詰めている。

　俺は三十八歳。もう中年だ。そんな俺よりも彼らの見た目が一回り以上若いのは、精神のパラメータの数値が高いおかげ。

　基本的に精神が高ければ高いほど長生きする。彼らはそれだけ老化が遅いということだ。

「お、雑魚じゃん。まだ死んでなかったのか？」

「ホントだ!!　まだ探索者《シーカー》やってるのね？　いい加減諦めたら？」

　そのメンバーの戦士の男と魔法使いの女がバカにするように俺に絡んでくる。

しかし、直接的なことをしてくることはない。

なぜならそれをすれば、自分たちがどうなるのか、彼らはよく知っているからだ。

「もう関わるのは止めよ。同じ空気吸ってるのも嫌」

「そうだね。君の努力は称賛に値するけど、無意味な努力は止めた方がいい。人には分相応というものがあるんだからね」

ごみだとでも言いたげに視線を逸《そ》らし、僧侶の女は口元を押さえながら俺から離れていく。

リーダーの男は俺の肩に手をポンと置いて憐《あわ》れみの表情で忠告した後、受付へと向かった。

揶揄《からか》っていた戦士と魔法使いの女も二人に続いて俺から遠ざかっていく。

相手は俺を一撃で殺せるような強者。

俺はただ俯《うつむ》いて歯を噛《か》みしめることしかできなかった。

これが俺の、いや『雑魚』の日常だった。


次の日もいつもと同じようにダンジョンに潜り、今日最後の五匹目のゴブリンと戦っていた。

「ゴブゴブ」

「くっ」

ゴブリンがこん棒を振り下ろし、それを必死に受け止める。

もうレベルの限界が近いのに、ゴブリンの攻撃を防ぐのに苦労してしまうのは情けない話だ。

「はぁー!!」

幾度もギリギリのやり取りを行い、満身創痍《まんしんそうい》になったゴブリンを袈裟《けさ》斬りにした。

「ゴブゥ!!」

ゴブリンは断末魔と共に燐光《りんこう》を放ちながら消えていく。

「はぁ……はぁ……」

今日も生き延びることができた。

その安堵と共に汗を拭い、剣についた汚れを落として帰り支度を始める。

ただ、この日は違った。それは突然起こった。二十五年間の日常の中でずっと起こらなかった現象。

俺の体が発光し始めたのだ。

「やっと……やっとか……」

思わず声を上ずらせて呟いてしまう。

俺は知っていた……この光がなんなのか。これまで二十五年の間、嫌というほど見てきた。いや見せつけられてきた。なぜなら同期や後輩たちが必ず起こしていた現象だからだ。

そう……これは神に与えられた役割《ロール》が進化《クラスチェンジ》する光。

役割《ロール》のレベルを極限まで鍛えると、役割《ロール》が一度だけ進化《クラスチェンジ》する。

しかし、役割《ロール》を得てこの二十五年もの間、俺は進化《クラスチェンジ》できなかった。

理由は簡単だ。

俺の役割《ロール》が史上最低の弱さでレベル上限が未だかつて見たことがない最高の数値だったから。

初めて授かる役割では、一番高い人でも五十だったと記憶している。俺は九十九だった。

「進化《クラスチェンジ》できるのか……」

これまでゴブリンを倒すのもギリギリで、その弱さゆえに周りに蔑まれて生きてきた。

でも、それも今日で終わりだ。俺はようやく進化《クラスチェンジ》できるまで役割《ロール》を極めた。

これからは新しい人生が待っているはずだ。

そう思うと、これまでの辛《つら》く険しい人生が報われたような気分になった。

「ぐがっ⁉」

しかし、感動も束の間、俺の体を激痛が駆け巡る。

進化《クラスチェンジ》のときにこんな痛みが走るなんて聞いてないぞ⁉

進化《クラスチェンジ》は少し体が光った後、すぐにその光が収まるはずだ。

体の具合がおかしくなったり、痛みが走ったりする、とは誰一人として言ってなかった。

あまりの痛みに立っていられなくなり、倒れ込んで転げ回る。

「ぐがっ⁉　くそ‼」

モンスターに襲われたらひとたまりもない。しかし、痛みで起き上がるどころではなかった。

俺の体に何が起こってるんだ⁉

「ぐわぁあああああああああ‼」

ひと際凄《すさ》まじい痛みが体を襲い、横になってゴロゴロと転がりながらもがき苦しむ。

もう頭の中がぐちゃぐちゃで何がなんだかわからない。

誰か……誰か助けてくれ‼

痛すぎて言葉にできないが、心の中で叫ぶ。

俺の脳裏に命の恩人の顔が思い浮かんだ。

しかし、当然その音なき声が届くことはない。

そして、どれほどそうしていただろうか。

数秒なのか、数分なのか、はたまた数時間なのか、数日なのか、何もわからない。

ただ、悠久にも感じる時の中で、徐々に痛みが和らいできた。

やっと……やっと、この地獄から解放されるのか……？

その可能性に一安心したが、俺の受難はまだ終わっていなかった。

「ホップホップゥ」

なぜなら、低階層に出てくるモンスターの中でも強いホブゴブリンが、俺を見つけて近づいてくるのを視界の端で捉えたからだ。

こんなときに!?

俺は思わず心の中で叫んだ。

年齢一桁の子供程度だったゴブリンに比べて、ホブゴブリンは成人した大人の男くらい大きい。

筋肉もマッチョのように発達していて、ゴブリンと同じく腹が出ている。

こいつは基本的に五階層以上に出現するモンスターだが、稀《まれ》に一階層に出現することもある。

その攻撃力は探索者《シーカー》になりたての初心者たちの命を奪うには十分すぎるほど。

幸い動きが遅いのが弱点で、初心者たちはこいつに遭遇にしてもほぼ逃げられる。

そのため、一階層で遭遇しても逃げれば何も問題なかった。

しかし、今は意識が朦朧《もうろう》として体に力も入らない状態だ。とても逃げられそうにない。

一歩、また一歩とホブゴブリンが俺に向かって近づいてくる。

くそっ、動けよ!!

体を動かそうとするが、ピクリとも動かないし、声も出ない。

動け!! 動け!! 動いてくれよ……頼むから……。

何度念じても腕も足も頭も何一つ持ち上がらなかった。

ホブゴブリンが、俺の体に影が落ちるくらいまで近づいてきた。

その口端は醜悪《しゅうあく》に歪《ゆが》んでいた。

せっかく進化《クラスチェンジ》したのに、これから強くなれるのに、バカにしたやつらを見返せると思ったのに
……やっと……あの人の隣まで行けると思ったのに……俺はこんなところで死ぬのか……念願の進化《クラスチェンジ》が原因で……皮肉もいいところだ……。

ホブゴブリンは岩を削り出したかのような、巨大なこん棒を振り上げた。

くそ……二十五年頑張った結果、期待させておいて、最後の仕打ちがこれかよ!!

体が動くならまだ悪あがきもしよう。でも一切動かない。これじゃあどうしようもない。

俺は最後に少しだけ動いた口で悪態をつき、悔しさで涙を流しながら目を瞑った。

「ちくしょう……」

――バキィイイイイイイッ！

強烈な炸裂音が俺の耳を襲う。

これで終わりか……あっけないものだな……。

攻撃が当たったことがわかった俺は、自分の命が終わるのを待った。

しかし待てど暮らせど、痛みも、血の気が引くような喪失感も、何もやってこない。

どうなってるんだ？

俺は恐る恐る目を開けた。

砕け散ったこん棒を持ち、俺とこん棒の間で視線を行ったり来たりさせて不思議そうにしているホブゴブリンの姿があった。

あれ？　俺生きてる？

眼球は動くので目を開いて体を見やると、見える範囲には傷も何もなかった。

え？　どういうこと？

俺は意味がわからなくて混乱した。

確かにホブゴブリンのこん棒をまともに受けたはず。

それなら俺はなぜ死んでいないのか。まさか……。

ふと改めて力を込めると、体に力が入るようになっていた。

これで本当に進化《クラスチェンジ》完了ってことか？

それならとにかく今は現状を打開するしかない。

俺は力を入れて跳ね起きる。

まるで体に羽が生えたように体が軽い!!

「ホブゥ!?」

俺が無傷で立ち上がったことが信じられないのか、ホブゴブリンは狼狽《うろた》えるように後退《あとずさ》る。

自然と体が動き、落ちていた剣を拾い上げてホブゴブリンを斬り裂いていた。

「えっ……」

そう、《斬れて》しまったのだ。

今までの俺ならホブゴブリンの強靭《きょうじん》な肉体の前に剣など弾《はじ》かれていただろう。

でも、まるで水でも斬ったかのように抵抗がなかった。

ホブゴブリンが燐光を放って消え、ゴブリンより少し大きな魔石を落とした。

それは間違いなく俺が倒したことが現実だという証《あかし》だった。

「ははは……これが進化《クラスチェンジ》か……うっ……ぐすっ」

俺は右手で顔を押さえ、涙を堪《こら》えきれずに俯いた。

ポツリ、ポツリと地面にいくつもの小さなシミができあがる。

嬉しくて……嬉しすぎて……涙が止まらない。

剣を収め、両掌《てのひら》を見つめながら、体から今までとは比較にならない力が溢《あふ》れてくるのを実感した。

「やったぞぉおおおおおおおおおおおおおおおおっ!!」

我慢できなくて俺は喜びを爆発させて拳を突き上げた。

今日この日、俺は進化《クラスチェンジ》を果たした。そう……果たしたのだ。


「こんにちは、初めてのご利用ですか？」

ギルドに戻って受付に向かうと、なぜか初心者と間違えられてしまった。

何を言ってるんだ、この受付嬢は？

「いや、いつも通り、魔石の買取だが？」

「え？　あなたみたいな方は見たことありませんが……」

まるで初対面かのような反応をする彼女に困惑してしまう。

「おいおい、いつも対応してもらっているラストだ。忘れてしまったのか？」

「いやいや、ラストさんはあなたほど若くありませんよ？」

改めて名乗っても彼女はあり得ないと顔を左右にブンブンと振る。

え、なんで俺こんなに疑われるんだよ？

「何言ってんだ？　探索者《シーカー》カードが、俺がラストだって証拠だろ？」

「確かにこれはラストさんの探索者《シーカー》カードですが……まさか奪い取ったので？」

最終手段として探索者《シーカー》カードを提出したら、まさか強奪を疑われる始末。

「そんなことしてなんになる。本人以外に使えないだろうが」

「それもそうですね……」

探索者《シーカー》カードは本人以外使えない。神から授けられた神秘の技術で不正は不可能だ。

受付嬢もそれを思い出して自分が言った話があり得ないことに気づく。

「いいから本人確認をしてくれ。それで済むんだから」

「わかりました」

何はともあれ確認さえすれば全てがわかる。

探索者《シーカー》カードには本人の魔力が登録されていて、それを照合することができるからだ。

「こちらに手を置いてください」

「はいよ」

俺は指示に従って正方形の黒い板の上に手を乗せる。

「本当にラストさんですね……」

「だから言っただろ？」

その結果に呆然《ぼうぜん》となった受付嬢に俺は肩を竦《すく》めてみせた。

「確かに昔のラストさんに似ている。でもこんなに顔は整っていなかったような……」

「いや、だから俺にはなんのことだかさっぱりわからないんだよ……」

俺の顔を見ながらブツブツと呟く受付嬢。俺は意味がわからなくて眉をひそめた。

「これを見てください!!」

受付嬢は鏡を取り出して俺の顔の前に差し出した。

「これは……!?」

俺は十三歳の頃から探索者《シーカー》を始めてもう二十五年経《た》っている。

今は三十八歳の中年だ。精神パラメータも低かったから、もっと老けて見えていたはずだ。

それなのに、鏡の中の男はどう見ても二十代半ば程度にしか見えなかった。

その上、以前よりも顔のバランスが整っている。

なんか俺、滅茶苦茶かっこよくなってないか？

受付嬢の言う通り、ダンジョンに入る前の俺とは全くの別人と言ってもいいほどの違いがあった。

「本当に若返ってるな……」

「気が付かなかったんですか？」

今度は俺が呆然とすると、受付嬢が不思議そうに首を傾《かし》げる。

「ああ。ダンジョンに潜っていて自分の姿なんて見る機会なんてないからな」

「言われてみればそうですか。それで、そうなった原因はわかりますか？」

「んーそうだな。おそらくアレだろうな」

原因と言われれば一つしかないんだろう。

「それは？」

「進化《クラスチェンジ》だ」

「え？」

俺の答えに再び受付嬢が固まる。

「だから役割《ロール》が進化《クラスチェンジ》したんだよ、俺は」

「〜〜!?」

彼女は聞き間違いじゃないことに目が飛び出しそうなほどに見開いて、口をパクパクとさせた。

「そうだよな。その反応は俺もよくわかる」

「えぇ。二十五年間お疲れ様でした。ギルドマスターの言うことは本当でしたね」

思いがけない言葉に、一瞬言葉に詰まり、なんとか言葉を絞り出す。

「……知っていたのか？」

「当然ではないでしょうか？　ずっとここであなたを担当しているんですから」

そういえば、探索者《シーカー》登録の後からずっとこの受付嬢が担当してくれていた。

彼女は二十五年間容姿が変わっていない。

それは彼女の種族が長命種だからだ。その尖《とが》った耳と碧眼《へきがん》がエルフ族であることを表している。

長くても三百年の人間と違い、彼女たちは千年以上の時を生きる。二十五年は彼女にとってそれほど長い時間じゃない。容姿が変わらなくても不思議はない。

彼女とは事務的なやり取りしかしてなかったので、俺のことなんて認識していないと思っていた。

しかし、実際は俺のことをずっと見ていてくれたようだ。

「それもそうか。ありがとな、見守っていてくれて」

「いえいえ、とんでもありません。結局、普通に対応するしかできませんでしたから。それにラストさんが活躍するのはこれから。今後は思いきり贔屓《ひいき》にさせてもらいますよ」

俺の返事に彼女は茶目っ気たっぷりのウィンクで応えた。

思った以上に感情豊かな女性なのかもしれない。

「そういや、名前を聞いたことがなかったな」

そこで俺は彼女の名前を知らなかったことを思い出す。

「私はステラと申します。ステラとお呼びください。呼び捨てで構いません」

彼女は俺の言葉を聞いて名乗り、深々と頭を下げた。

「わかった。ステラ、これからもよろしくな」

「はい、こちらこそよろしくお願いしますね、ラストさん」

俺が手を差し出し、ステラも俺の手を取って握手を交わした。

それは二十五年越しの自己紹介だった。

◆　◆　◆

「ミラさん、ただいま」

「誰だい、あんた!!」

定宿に帰り着いた俺は、女将《おかみ》さんであるミラさんと、ステラと似たやり取りをする羽目になった。

わかってもらうのは大変だった。黒歴史を自分で暴露するという恐ろしい拷問に遭った。

「ふぅ、さてと……」

なんとか本人だと証明して部屋に戻った俺は、体の汚れを拭いてベッドに腰かける。

部屋は簡素なものでベッドくらいしかない。

俺は探索者《シーカー》カードを使用して自身のステータスを表示した。

名前　ラスト・シークレット
種族　普人族
役割《ロール》　中ボス（2／5）
レベル　1／99
能力値
身体…51
精神…51
器用さ…51
抵抗力…51
運…51

スキル
成長限界突破、ステータス上昇値最大値固定

「!?」

俺は開いた瞬間、役割《ロール》が変わっている事実と、能力値やスキルに言葉を失った。

まず、俺の役割《ロール》は〝中ボス〟というらしい。

全能力値が五十一という数値。普通は上がらない運の数値まで上がってる。

最初に授かる一般的な役割《ロール》の人間はレベル上限が三十だ。

初期ステータスは十～二十ポイント。レベルアップ時の各能力値の成長幅が零～二と決まっている。ただし、運はほとんど零の場合が多い。

それだけでなく、一回のレベルアップによる成長値の合計は最大で五ポイント。それ以上にはならない。つまり、通常全ての数値が二ポイントずつ上昇することはあり得ない。

仮に全ての能力値が二九回全てで五ポイントずつ上昇したとすると、能力値が百四十五ポイント上がる。初期値が全て二十ポイントだとすると、全能力値の合計が二百四十五ポイントだ。

それから、一般役割《ロール》から上級役割《ロール》になった場合、進化《クラスチェンジ》前のステータスを引き継いだ上で、上級役割《ロール》に進化《クラスチェンジ》した際の能力値アップボーナスを受けてスタートすることになる。

進化《クラスチェンジ》による能力値アップボーナスは、多くても運以外の全ての能力値がプラス三十ポイントずつ。合計すると最大百二十ポイント。

つまり、一般的な人は、進化《クラスチェンジ》した直後の能力値の合計が最大で三百六十五ポイント程度になる。

一方で俺は合計で二百五十五ポイント。一般的な人が上級役割《ロール》に進化《クラスチェンジ》した際の最大値より低い。

でも、進化《クラスチェンジ》した俺のレベル上限は九十九。新しく覚えたスキルとレベル上限が組み合わさってすごい効果を発揮する。

まず、成長限界突破スキル。

一般役割《ロール》なら最大で五ポイントと決まっている成長値の合計の限界を取っ払ってしまうスキルだ。

一般役割《ロール》の各パラメータの上昇幅は零～二ポイントなので、全ての数値が二ポイントずつ上がり、一回のレベルアップで十ポイント能力値を上げることも可能になる。

そして、もう一つのスキル、ステータス上昇最大値固定スキル。

このスキルはレベルアップの際に上昇する各能力値の上昇値が最大値で固定される。

能力値の上昇値が零～二ポイントなら、常に二ポイントで固定されるという意味だ。

つまり、二つのスキルが揃《そろ》っていると、制限を超えて全能力値が最大値で上昇し続ける。

一般的な上級役割《ロール》の最大レベルは五十。各能力値の上昇幅は零～四ポイント。

能力値上昇の合計の最大値は十ポイント。上昇値の最大は四百九十ポイントになる。

一方で俺は、レベル上限が九十九で、能力値上昇の合計が常に二十ポイント。

合計で上昇値が千九百八十ポイントになる。

ステータスだけ見ても、普通の上級役割《ロール》よりも四倍近く強くなれることは間違いない。

「これだけで二十五年諦めなくて良かったと思えるな……」

改めてステータスを確認して心からそう思った。

「よし!!　ダンジョンに行くか!!」

夢が現実味を帯びてきて、帰ってきたばかりなのに、俺は、再びダンジョンへと走っていた。

進化《クラスチェンジ》した力を実感してみたい、その気持ちには勝てそうにない。


夜にダンジョンに来るのは初めてだ。ワクワクする。

「まずは慣れ親しんだゴブリンで試してみよう」

俺はゴブリンを求めて走り出した。

「うわっと!?」

ホブゴブリンを倒したときは無我夢中で上手《うま》くいったが、体が軽すぎて転びそうになった。

単純に考えて俺の身体能力は五十一倍。そりゃあ、体を自由に動かすのも簡単じゃない。

「まずはこの体に慣れるところからか」

俺は素振りから始めることにした。

体の力を抜いて剣を握る。最初はゆっくりと剣を上げて落とす、それだけの作業をこなす。

少しずつだけど、回数をこなすたびに力の入れ方がわかってくる。

慣れてきたら、振り上げて振り下ろす。ゆっくりと素振りが形になってくる。

そうしたら、次は型だ。

昔教えてもらったことを思い出しながら、力を入れずに型を作り、素振りと同じように徐々に力を入れて型をこなしていく。

数時間ほどこなすと、ひとまずある程度剣を振れるようになった。

少し走ってみる。

「おお、だいぶ良くなったな」

まだ完全ではないけど、二十五年やってきた鍛錬のおかげで、ある程度走れるようになった。

「あ、いた」

数分ほど走ると、ゴブリンが丁度よく一匹でいたので、見つかるのも構うことなく突進する。

「ゴブゥ!?」

ゴブリンは俺が突っ込んできたことで驚き、狼狽《ろうばい》して体を硬直させた。

「ふっ」

——ザシュッ!

その隙を見逃さず、一撃で斬り伏せる。

「ゴブゥ……」

ゴブリンは燐光となって魔石に変わった。

「おっ。レベルが上がった」

一匹殺しただけで俺はレベルアップしたのを体感する。

レベル　2／99（＋1）
能力値
身体　　：55（＋4）
精神　　：55（＋4）
器用さ　：55（＋4）

抵抗力　：55（＋4）
運　　　：55（＋4）

「うはっ!?」

俺はスキルの効果を確かめるためにステータスを開いて確認してみると、その上昇値に驚く。

元々想定していたとはいえ、本当にそうなるとは……俄然《がぜん》やる気が出てきたぞ!!

「あはははははははっ!!」

俺は高笑いをしながら次の獲物《ゴブリン》を探すために走り出す。

「見つけたっ」

テンションが上がった俺には、ゴブリンがただの経験値にしか見えなくなっていた。

「ゴブゥ……」

「ゴブゥ……」

「ゴブゥ……」

何匹もゴブリンが一撃で光の粒子になって消えていく。

「はぁ……はぁ……」

一階層のゴブリンが見当たらなくなったら二階層、二階層にいなくなったら三階層、三階層にいなくなったら四階層、気づけば五階層までゴブリンを倒し続けていた。

一日でゴブリンをたった五匹しか倒すことができなかった数日前の俺。

でも、今日は正直何匹倒したのかわかっていない。少なくとも百匹を超えているのは間違いない。

「ホブゥ‼」

五階層にやってくると、ホブゴブリンが姿を現した。

昨日は緊急事態だったせいか、簡単に倒せたホブゴブリンだが、改めて対峙《たいじ》すると少し緊張する。

ホブゴブリンがその手に持っているこん棒を俺に叩きつける。

滅茶苦茶遅い。

元々初心者が逃げられる速度しかないホブゴブリンの攻撃は、進化《クラスチェンジ》した俺には止まって見える。

「ふっ」

「ホブゥ……」

俺は最小限の動きでこん棒を躱《かわ》し、胴を斬り抜く。

ホブゴブリンは上下に真っ二つになってその場に崩れ落ちた。

「ちょっと調子に乗りすぎたな……」

ホブゴブリンを倒したところで正気に戻った俺は、疲労感でその場で膝をつく。

嬉しさのあまり後を考えずにレベル上げしすぎた。

「いやぁ、こんなに倒せるなんてホント進化《クラスチェンジ》様様だな。レベルはどのくらい上がったかな？」

レベル　8／99（＋6）
能力値
身体　：79（＋24）
精神　：79（＋24）

器用さ……79（＋24）
抵抗力……79（＋24）
運……79（＋24）

「うひょー!!　レベルが六も上がってる!!　最初だってこんなのなかったぞ!!」

確認したら、レベルが八まで上がっていた。今までこれほど早くレベルが上がったことはない。

それにステータスがヤバい。こりゃあ探索者《シーカー》の階級がランクアップする日も近いかもしれない。

「レベル十まで上げちゃうか？」

ここまで来たらなんとなくキリの良い数字までレベル上げしたくなってくる。

「よーし、行くぞ!!」

俺は再び五階層を駆け回り、ホブゴブリンをメインに狩りを続けた。

その結果、一日でレベル十まで上げることができた。

レベル　10／99（＋2）
能力値
身体……87（＋8）
精神……87（＋8）
器用さ……87（＋8）
抵抗力……87（＋8）

運　　　　：87（＋8）
スキル
成長限界突破、ステータス上昇値最大値固定、
獲得経験値増加（四倍）

「は？」

ステータスを確認すると、俺は目を疑った。見間違いと思って目をこすって何度も見返した。

でも、どう見てもスキルが増えている。レベルアップでスキルが増えるケースは少ない。

しかもそのスキルがヤバい。貰《もら》える経験値が四倍になるとか意味不明すぎる。

単純に考えて俺のレベルアップのスピードが四倍になる。

ただでさえ、ステータス上昇が普通の上級役割《ロール》の三倍以上なのに、レベルアップスピードが四倍。

なんだか化け物じみていくな、俺。

「ちょっと今日はこれ以上考えられそうにない。街に帰って頭を冷やそう」

魔石を入れてパンパンに膨れ上がったリュックを背負い上げ、ダンジョンの入り口に引き返した。

「ラストさん、おかえりなさい」

「ステラ、ただいま」

なんだか家族の出迎えのような挨拶《あいさつ》だな。それが少し気恥ずかしい。

「魔石の換金ですか？」

「ああ。ちょっと多いんだが、大丈夫か？」

「えっと、どのくらいありますか？」

「これ全部なんだが……」

「なかなか多いですね……別の窓口でお受け取りします。こちらへどうぞ」

　ステラの前にリュックを持ち上げてみせると、彼女は苦笑いを浮かべて席を立ち上がり、俺を大口の換金窓口へと案内した。

「全部でFランク魔石が二百八十四個、Eランク魔石が八十二個、しめて銀貨五十三枚になります」

「おおおおおおおおおおおっ!!」

　俺は見たことのない銀貨の数に口から変な声が漏れる。

　今まで銅貨五十枚しか稼げなかった俺が、銀貨五十三枚という大金を一日で稼ぐことができた。

　銅貨にして五千三百枚。稼ぎが百倍以上増えたことになる。

　しかもこれはゴブリンとホブゴブリンを倒して手に入れた金額だ。

　明日、ホブゴブリン以上のモンスターに絞れば、もっと稼げるはずだ。

　実感できなかった成長が、手に入れた金額を見て改めて実感できた。

「やっと帰ってきたね、ラスト」

　ギルドから宿に帰ると、ミラさんが鬼のような形相で腕を組み、俺を睨《にら》みつける。

「え、あ、ただいまっ。ミラさん」

「夜中に出ていく音が聞こえたと思ったら、次の日の夜まで帰ってこないなんて全く……心配させんじゃないよ!!」

「ごめんなさい」

こめかみに青筋を浮かべ、ミラさんは完全にご立腹だ。

俺は言い訳せずに大人しく頭を下げる。

「はぁ～、わかればいいよ。探索者《シーカー》なんていつポックリいってもおかしかないんだからね？　本当に気を付けるんだよ」

「あぁ、わかった」

俺が雑魚という役割《ロール》を手に入れた後、物理的な嫌がらせはなかったが、武器や防具が買えなかったり、宿に泊まれなかったり、そういうのは結構あった。

そんなときに俺を拾ってくれたのがミラさんだ。

ミラさんは、嫌な顔一つせず宿に泊めてくれた。それから二十五年、部屋を貸してくれている。

彼女には本当に頭が上がらない。

「まぁ、無事で良かったよ。今日はどうするんだい？」

「あの、ミラさん。これ、受け取ってくれないか？」

まるで母のように俺を心配してくれるミラさん。

俺は彼女に恩返しがしたくて、今日稼いできたお金を入れた巾着袋を差し出した。

「なんだい、これは？」

「進化《クラスチェンジ》して沢山稼げたんだ。俺がここまで来れたのはミラさんのおかげだから。受け取ってほしい」

「バカ言ってんじゃないよ!!　そんなもん受け取れるかい!!」

なぜかすごい剣幕で怒鳴られてしまった。

「な、なんで？」

喜んでもらえると思っていたのに叱られて困惑する。

「私たちにとってあんたはもう息子みたいなもんだ。ここに帰ってくるのが何よりの礼さ。その金じゃ足りないかもしれないけど、ちゃんと金を貯めて、もっとマシな装備を調《ととの》えな」

「うっ……」

ミラさんの優しさに触れて気持ちが溢れてきた。

「泣くんじゃないよ、もういい大人だろ？」

「あ、ありがとう、ミラさん」

「気にすんじゃないよ。あんたが無事に帰ってきさえすれば、あたしらはそれで満足なんだから」

ミラさんは昔からそうしてくれたように、俺を抱きしめて包み込んでくれた。

もう三十八歳の中年だというのに涙が止まらなかった。

体が若返ったと同じように心も若返ったのかもしれない。

「俺、絶対、無事に帰ってくるから」

「あぁ、それでいい」

この人を絶対に悲しませたりしないと心に誓った。

「恥ずかしいところを見せたな」

「はっ。いつからあんたを見てると思ってるんだい。恥ずかしいところなんざいくらでも見てるんだから、今さら少し増えたってどうってことないだろ？　はいよ、今日の夕食だ。たんとお食べ」

落ち着いたところで、待ってましたとばかりにミラさんが夕食を出した。

「それもそうか。今日も美味《うま》そうだな。いただくよ」

料理はミラさんの旦那のゴッズさんが作っている。

安い宿なのに、その腕前は高級店にも負けないと聞いている。俺は絶品の食事をいただいてしっかり休息を取った。

ついてないと思っていた人生だけど、思っている以上に恵まれていたのかもしれない。

「今日は六階層まで行ってレベル上げをしよう」

もうゴブリンもホブゴブリンも怖くない。だから、次のステップに進む。

六階層からはホブゴブリンだけでなく、オオムカデ、ビッグスパイダー、ケイブマンティスといった虫系のモンスターが出没する。

こいつらはホブゴブリンよりも攻撃力は劣るが、素早さのある、少しだけ格上のモンスターだ。

おそらく問題はないが、初めてのモンスターなので慎重に倒していきたいと思う。

「やっと着いた」

六階層まで敵と戦わずに最速で踏破してやってきた。

「キシャー!!」

早速モンスターのお目見えだ。

最初のモンスターはビッグスパイダー。成人男性の半分くらいの大きさがあり、口元から涎《よだれ》のようなものを垂らしている。

――ジューッ！

その涎が地面に落ちると、肉を熱した鉄板の上に載せたときのような音が鳴る。

そうか、アレが酸か。

ビッグスパイダーは酸を使って相手にダメージを与え、動けなくなったところに鋭い牙を突き刺して殺すという習性を持っている。

酸は飛ばしてくるという話だから気を付けないといけない。

「キシャーッ!!」

ビッグスパイダーが戦いの始まりを告げるように叫び、俺に向かって酸を吐く。

俺はその酸をかいくぐり、やつとの距離を詰めた。ホブゴブリン同様にやつの酸が止まって見える。

「はっ」

「ギシャッ」

俺の剣がやつの足を捉えて斬り裂いた。片側の四本の足が舞い飛び、バランスを崩す。

苦し紛れに酸を吐いてくるが、余裕で躱しながらその頭に剣を突き刺した。

「ギジャァ……」

ビッグスパイダーの姿が空気に溶けて魔石を落とす。ホブゴブリンと同じ大きさの魔石だ。

「よしっ」

「はっ!!」

俺はビッグスパイダーを問題なく倒せたことに手ごたえを感じた。すぐに次のモンスターを探す。

「やぁっ!!」

「せいやっ!!」

オオムカデもケイブマンティスも何も問題なく倒せた。

それと同時にレベルアップの感覚が体を襲う。

群れにも対応できたし、油断しなければ、まず負けないだろう。

「え、マジかよ……」

レベル　11／99（＋1）
能力値
身体　…91（＋4）
精神　…91（＋4）
器用さ　…91（＋4）
抵抗力　…91（＋4）
運　…91（＋4）

十五匹くらい倒しただけでレベルが上がった。昨日最後の方は五十匹以上かかったのに。

「すげぇ……」

これがスキルの力か。

俺は改めてスキルの力を実感した。

「皆殺しだ!!」

気を良くした俺は、昨日と同様にモンスターの殺戮《さつりく》者へと変貌を遂げた。

「あはははははっ」

俺は高笑いしながらモンスターを狩って狩って狩りまくった。

レベル　20／99（＋9）
能力値
身体　：127（＋36）
精神　：127（＋36）
器用さ：127（＋36）
抵抗力：127（＋36）
運　　：127（＋36）
スキル
成長限界突破、ステータス上昇値最大値固定、
獲得経験値増加（四倍）、成長速度向上（四倍）

その結果、俺はレベル二十になっていた。

「あり得ない……」

そして、またスキルを手に入れた。

「いやいやいやいや、どういうことなんだ、これは」

スキルがレベル十ごとに手に入るとか前代未聞すぎる。勿論ここで終わりかもしれないが、レベルが十上がるたびにスキルが手に入るとしたら本当にヤバいぞ？

それに今回手に入った成長速度向上（四倍）は、次のレベルまで必要な経験値が四分の一になるというスキルだ。

つまり、獲得経験値増加（四倍）と成長速度向上（四倍）を手に入れた俺は、普通の人の十六倍速でレベルが上がるということだ。

「もうだいぶ反則になってきてないか？」

自分が怖くなってきた。

「ちょっとステラに相談してみるか」

不安になった俺は、早めに切り上げてギルドに向かった。

「Eランク魔石が三百二十四個。それと、ビッグスパイダーの糸が十巻、オオムカデの甲殻が六個、ケイブマンティスの鎌が八個。しめて、金貨が一枚と銀貨六十八枚、そして銅貨二十枚になります」

「あ、はい」

昨日の今日なのに稼ぎが三倍以上になって呆然となった。

報酬を受け取る手が震えた。

モンスターは魔石の他にアイテムを落とすことがある。それをアイテムドロップと呼ぶ。逆に落としたアイテムはドロップアイテムと呼ばれる。

今回はビッグスパイダーの糸、オオムカデの甲殻、ケイブマンティスの鎌の三つがそれに当たる。

それが急に増えた。

原因は運の数値のせいかもしれない。運が百以上ある人なんて聞いたことないしな。

「あ、ラストさん、おかえりなさい」

「ああ。ただいま。それでちょっと相談があるんだが……」

「わかりました。少々お待ちください」

ステラに話しかけると、慣れた対応で応接室に通された。

「それでどうされたんですか？」

「いや、スキルが二つ増えてな」

「え!?」

「そうだよな、そういう反応になるよな。だから、少し心配になったんだよ」

ステラの反応を見て、不安が確信に変わる。

「なるほど。ちなみにどんなスキルが増えたんですか？」

「それは……」

俺は増えた二つのスキルについて彼女に詳しく説明した。

「とんでもないスキルですね。でも、やっぱりラストさんが諦めなかったからこそ、神様が優遇してくれているんですよ。ラストさんが報われて本当に良かった」

「そうか？　それならいいんだけどな。なんだか不安になってな」

心から祝福してくれるステラに、少しむずがゆい気持ちになる。

「わかります。幸せすぎると近々不幸になるかもって思いますよね」

「でも、ラストさんは十分苦しみました。これからはその分幸せになる番ですよ」

「そうなんだよ」

「ああ、ありがとう。なんだか少し気持ちが軽くなったよ」

ステラに相談して良かった。今度、何かお礼でも渡そうかな。

「いえいえ、どういたしまして。これからも気軽に相談してくださいね」

最近話すようになってから今まで以上に世話になっている。

ギルドではステラを一番信頼している。

「頼りにしてる」

「は、はい、任せてください」

「なんだか顔が赤いが、大丈夫か？」

「もう、誰のせいだと思ってるんですか？」

赤くなった頬を膨らませてジットリとした目を向けるステラ。

「え、俺か？」

「知りません!!」

特に何か言った覚えはないのに、ステラの機嫌が悪くなってしまい、宥《なだ》めるのに苦労した。

でも、彼女のおかげで心が軽くなり、スッキリした気持ちで宿に帰ることができた。

次の日もダンジョンに潜る。

「十六倍速おそるべし……」

昨日の四倍もヤバいと思っていたが、十六倍速は本当におかしい。

たった数匹倒しただけでレベルが上がった。

レベル　30／99（＋10）
能力値
身体　：167（＋40）
精神　：167（＋40）
器用さ：167（＋40）
抵抗力：167（＋40）
運　　：167（＋40）
スキル
成長限界突破、ステータス上昇値最大値固定、
獲得経験値増加（四倍）、成長速度向上（四倍）、
状態異常耐性（下）

そして、八階に到達したときには、レベルが三十に到達していた。

「いやいやいや、これは嘘《うそ》だろ……」

もう何度目かわからない驚きに目を疑った。

レベルが三十になって再びスキルを手に入れてしまった。

これでレベルが十上がるごとにスキルが手に入るという予想に現実味が帯びてくる。

今回は状態異常耐性（下）。

これはステータスの抵抗力とは別に毒や麻痺などを帯びた攻撃によって、体が毒や麻痺状態になってしまう確率を下げてくれるスキルだ。（下）の場合、その確率が二十パーセント減少する。

毒や麻痺、睡眠などの状態異常は、ソロ探索者《シーカー》にとって死活問題。

その危険が二十％も軽減されるなんて、非常に有用なスキルだ。

「しめて金貨一枚と銀貨八十九枚になります」

「……」

アイテムドロップ率もさらに増えて、一日で金貨二枚近く稼げるまでになった。

数日前まで一日たった銅貨五十枚だったのに、俺も随分と出世したものだ。

「明日は十階のボス部屋の前まで行こう」

十階層にはボスがいる。たぶん大丈夫だが、いきなり挑むのは怖い。

レベル　43／99（＋13）
能力値
身体　：219（＋52）
精神　：219（＋52）
器用さ：219（＋52）
抵抗力：219（＋52）

運　　：219（＋52）
スキル
成長限界突破、ステータス上昇値最大値固定、
獲得経験値増加（四倍）、成長速度向上（四倍）、
状態異常耐性（下）、全魔法適性

次の日、レベル四十を超えていた。

それ以上に今回手に入れたスキルが俺の心を掴《つか》んで放さない。

なぜなら全魔法適性というスキルを持っている人は数えるほどしかいないからだ。魔法系の役割《ロール》じゃないとそもそも魔法の適性は授からないし、授かったとしても火魔法の適性や水魔法の適性など、魔法単体の適性であることがほとんどだ。

全ての魔法に対しての適性を持つというのは、賢者と呼ばれる魔法のエキスパートの役割《ロール》や、神からの加護を全て授かったかのような役割《ロール》である勇者くらいしかいない。

俺は本当にものすごい役割《ロール》に進化《クラスチェンジ》したもんだなと思う。

そして、魔法と言えば、探索者《シーカー》の憧れ。

役割《ロール》を得た者は皆、魔法を夢見る。

適性がなければ、魔法を覚えられない。

そして、基本的に魔法は魔導書と呼ばれる本を読むことで覚えられる。

例えば、ファイヤーボールの魔導書を読めば、ファイヤーボールを覚えられる。

「でも、今日は買えそうにないな」

ただ、その魔導書はかなり高い。

なぜなら、魔導書はダンジョンでしか手に入らないからだ。

どうしても手に入れるのが大変になる。そのため、相応に値段も上がってしまうわけだ。

最低でも金貨十枚はする。俺は一日で金貨二枚近く稼せげるようになった。

だから、早ければ、あと五日頑張れば、魔導書を買えるようになるはずだ。

「絶対に手に入れるぞ!! うぉおおおおおっ!!」

俺は魔導書を買うお金を稼ぐため、ボス部屋の前までモンスターをできるだけ倒しながら進んだ。

「明日はボスに挑戦してみるか……」

俺はボス部屋の扉を見上げる。

お金を貯めるためにもっとダンジョンの奥に行きたい。

十階層のボスはゴブリンジェネラル。

ホブゴブリンの上位種で鎧と大剣を身に着けていて、その大剣による攻撃はかなり強力らしい。

動きもホブゴブリンよりも圧倒的に速くて、速さと力を併せ持つボスだ。

でも、それはあくまで一般役割《ロール》と戦った場合の評価であり、俺は既に上級役割《ロール》がレベル上限まで成長した段階とあまり変わらない。

これだけのステータスがあれば、余裕で押しきれるはずだ。

それで十階を超えれば、Dランクの魔石が手に入るようになる。

魔石もランク制で、大きさによってF~SSSまで価値が上がっていく。

ゴブリンはFで、ホブゴブリンやビッグスパイダーはEだった。

それにアイテムドロップも加速するはずだ。金貨十枚くらいすぐに貯まる。

俺は明日に備えて一度街に戻って体を休めた。

◆　◆　◆

「よし、到着っと」

ボスは、ボス部屋と呼ばれる隔離された部屋に出現する。

中に入ると、その人物ないしパーティがボスと戦っている間は誰も中に入れないし、中から外に出ることもできない。

扉が再び開くようになるのは、ボスを倒して挑戦者が先に進んだときか、挑戦者が死んだときだ。

「誰もいないみたいだな」

ボス部屋の前には順番待ちの列ができるはずだが、今は誰も並んでいなかった。

それもこれも気が逸《はや》って早朝に目覚め、その足でここまで来たせいだろう。

「それじゃあ、行きますか」

俺は扉に手をかける。

――ゴゴゴゴゴッ。

地響きとともに扉が内側に向かって開いていく。

俺はボス部屋の中に足を踏み入れた。

——ゴーンッ。

後ろで扉が閉まる音がする。

「さて、いつでも出てこい!!」

俺は剣を抜いて身構えた。

ボス部屋の中心に闇が集まり、徐々にゴブリンジェネラルの形に変形して……いや、その形はどこかおかしい。

徐々にできあがっていく姿は、ゴブリンのそれではなく、かなり人型に近い見た目をしていた。

「あ、あれは……ヴァンパイア……!?」

完全に姿を現したボスは、青い肌、真っ白な髪の毛、口から覗く長い犬歯。そして、美しい顔。

その特徴は噂《うわさ》に聞くヴァンパイアと呼ばれるモンスターに酷似していた。ヴァンパイアは四十階層以上に出現すると言われているCランクのモンスター。

ゴブリンジェネラルがDランクモンスターであることを考えれば、さらに一段階上の存在だ。

「ハハハハハハハハハッ!!」

ヴァンパイアは高笑いを上げた。その瞬間、強い波動が俺を襲う。

「ちっ、こんな話は聞いてないっての」

今まで十階層でゴブリンジェネラル以外のモンスターが出たという話は聞いたことがない。

でも、目の前にいるのは確かにヴァンパイアだ。

「ブラッディソーン!!」

ヴァンパイアが叫ぶと、真っ赤な液体がやつの体から噴出し、茨《いばら》が蔓《つる》のように変化して襲い掛かる。

俺はその攻撃を避《よ》けるように、ヴァンパイアを中心にして円を描くように移動する。

「大丈夫だ。躱せる」

最初はびっくりして初動が遅れてしまったが、躱せないことはない。

目視してから動いても大丈夫だ。

「小癪《こしゃく》な!!　眷属《けんぞく》たちよ、愚か者の動きを止めよ!!」

観察していると、ヴァンパイアは苛立《いらだ》つように叫ぶ。

「キキーッ!!」

やつの周囲に真っ黒なコウモリが何匹も現れて、俺に飛びかかってきた。

「はっ!!」

俺の剣がコウモリを易々《やすやす》と斬り裂く。

「何!?」

しかし、コウモリはその状態から時間が戻るように体がくっついて元に戻った。

まるで液体でできているかのようだ。

「物理攻撃が効かないのか!?」

どうやら、今の俺ではこのコウモリを倒せないようだ。

それならやることは一つ。

「うぉおおおっ」

コウモリには目もくれず、俺はボスであるヴァンパイア目指して駆け出した。

「この愚物が‼　魅了眼‼」

ヴァンパイアの瞳が怪しく光る。

俺は思わず目が眩《くら》んだ。

「ハハハハハハッ‼　これでお前は俺の言葉に忠実な下僕だ。そこを動くな」

高笑いをしながら俺にゆっくりと近づいてくるヴァンパイア。

魅了眼はその目を見た相手を魅了して思いのままに操る魔眼。魅了されたら最後、自分の意思がなくなり、魅了眼の持ち主の命令に従う傀儡《くぐつ》になってしまうという。

でも、俺の意思はハッキリしている。静かに自分の指を動かす。問題なく動く。

どういうことだ？　俺には効かなかったのか？　耐性スキルと抵抗力が高いおかげか？

何はともあれ、魅了が効いていると勘違いして油断してくれているなら助かる。

俺はヴァンパイアが攻撃範囲に入るのを待った。

そして、ヴァンパイアはなんの迷いもなくそこに入り込んだ。

「はぁっ‼」

「なん……だと⁉」

完全に油断していたヴァンパイアは俺の一撃をまともに受けて、驚愕《きょうがく》の表情を浮かべた。

俺の剣はやつの肩口から入り、体を深々と斬り裂いている。

ヴァンパイアの口から血がゴポリと吐き出された。

「な……ぜ……」

その言葉の後に続くのは、魅了眼が効いていないのか、ということだろう。

「そんなこと教えるわけないだろ」

俺は力任せに剣を引き抜いた。

「くっ……この劣等種が……」

「じゃあな」

「ぐはぁああああっ」

ボスの体から血が噴き出す。

俺は血による攻撃に注意しながら、バラバラになるまで剣で斬り裂いた。

その結果、やつの体が溶けるように消えて、大きな魔石と、本、そして討伐報酬の宝箱が現れた。

「はぁ……はぁ……」

少しだけ苦戦して息が上がった。

まさかヴァンパイアが出てくるとはな。それに今にして思うが、やつは自我があった。

モンスターは本能で人間を襲うと聞いていたのに、どういうことなんだ？

「まぁいい。とにかく勝てたんだ。今はそれで良しとしよう」

俺は息を整えてから本を拾った。たぶんこれは魔導書だ。

ドロップアイテムの中でも魔導書はかなり珍しいアイテムだろう。

「帰ったら、鑑定してもらわないとな」

ドロップアイテムにはその効果がわからない物がある。

そういうアイテムは、鑑定スキルというアイテムの正体を看破できる力を持つ鑑定士に見てもらわないと、その効果がわからない。

「最後は討伐報酬の宝箱か」

ゴブリンジェネラルからはどれかの能力値が三ポイント上がる指輪が出たはずだ。

「これは……スクロールだな。どんな効果があるかはわからないが」

スクロールはなんらかの魔法が封じ込められていて、開くと一度だけその効果が発動するアイテムだ。こっちも鑑定しないと効果がわかりそうにない。

それと、さっきのヴァンパイアを倒した後、大きくレベルが上がった感覚があった。

またステータスを確認しておこう。

レベル　50／99（＋7）
能力値
身体　：247（＋28）
精神　：247（＋28）
器用さ：247（＋28）
抵抗力：247（＋28）
運　　：247（＋28）
スキル
成長限界突破、ステータス上昇値最大値固定、
獲得経験値増加（四倍）、成長速度向上（四倍）、
状態異常耐性（下）、全魔法適性、鑑定（下）

「あっ……」

鑑定士の話をしていたら、鑑定スキルをゲットしてしまった。

（下）だと、それほど沢山のアイテムを鑑定できるわけじゃないけど、一度さっき拾った魔導書とスクロールを見てみる価値はある。

「鑑定」

俺は本を持ってスキルを使用する。

「これは!!」

俺は鑑定を使ってみて驚愕した。

「回復魔法：ヒーリングライト」

それはなかなか手に入れることができないと言われている回復魔法の魔導書だった。

火や水などの属性魔法に比べて治癒魔法はドロップ率が十分の一以下。

これだけで金貨百枚以上の価値はある。

それに、毒や麻痺《まひ》などと同様に、ソロ探索者《シーカー》にとって怪我は死に繋《つな》がる。

それが治せるようになれば、探索の安全度がグッと上がる。

最初に手に入れる魔法としては最高の結果だろう。

まぁ、個人的な気持ちとしては、派手な攻撃魔法が欲しかったところだが。

スクロールは鑑定（下）が通らなくて効果はわからなかった。

「えぇ～⁉」

ギルドに帰ってステラに報告すると、彼女はロビーに響き渡るような声で叫んだ。

そのせいで、周りの注意を集める。

「あっ、失礼しました。応接室に移動しましょう」

立ち上がってみんなに頭を下げた後、ステラに応接室に通された。

「十階層でヴァンパイアに遭遇したぁ⁉　それに人語を操る⁉」

「あぁ」

俺が今日の出来事を説明すると、ステラは目が飛び出しそうなほどに驚いた。

「そんな話、私が受付になってから聞いたことないんですけど……」

「ステラでも知らないのか……」

「はい」

これはもしかしたら、ダンジョンで何かが起こっているのかもしれないな。

「一応、これがそのヴァンパイアからドロップした魔石だ」

「大きい。これ、普通のヴァンパイアの魔石の大きさじゃないですよ。Bランク相当はあります」

俺が机の上に魔石を置くと、ステラが顔を近づけてマジマジと見つめた。

「マジかよ。どうりで強かったわけだ」

正直Cランクのモンスターなら今のステータスで苦戦するはずがない。

ステラの話を聞いて腑《ふ》に落ちた。

「よく勝てましたね」

「スキルのおかげだよ」

「十六倍速レベルアップで、ステータスも最大値で上がり続けるんですもんねぇ」

頭の中で計算しているのか、ステラは少しぼんやりした様子で応える。

「ああ。あいつと遭遇したとき、既に俺のレベルは四十三。普通の上級役割《ロール》よりも強くなっていた。だからこそ、倒すことができたと言ってもいいな」

「ホント、恐ろしいスピードでレベルが上がってますね。まだ一週間経ってないですよ？　それでもう四十三を超えてるとか尋常じゃないです」

それこそ十六倍速の力だよな。普通だったら、たぶんレベルが十〜二十くらいだったと思う。その状態だったら、たぶん勝てなかった。

「そのおかげで無事だったんだから良かったよ」

「これも神様の思《おぼ》し召しでしょう。それでどうしますか？　ヴァンパイアの魔石はBランク相当なので金貨一枚になりますね。いかがしますか？」

「んー、普通じゃないなら持っていようかな」

「わかりました」

手続きを終えると、ステラが畏《かしこ》まった表情になる。

「それはそうとラストさん。お話があります」

「お、おう」

突然彼女が佇まいを正して真剣な眼差《まなざ》しで宣告する。何が言われるかわからず緊張が走る。

「えっとですね……」

それだけ言ったきりなかなかその先を話し出さない彼女。

――ゴクリッ。

唐突な不安と緊張から俺の喉が無意識に鳴った。

「ラストさんはこの度Eランクにランクアップしました!!」

どれくらい待ったかわからないが、ステラがニッコリと表情を変え、手を叩いて拍手をする。

「……」

彼女の言葉の意味がなかなか理解できず、十秒以上沈黙してしまった。

「だから、ラストさんはEランクに昇格したんですよ。嬉しくないんですか?」

「マジか……」

再度言われたことでようやく状況を理解して抜けかけた魂が体に戻る。

それはそうだろう。俺は二十五年間最低ランクのFランク探索者《シーカー》として過ごしてきた。

その俺がEランクになるとなれば、なかなか気持ちがついてこない。

「史上最遅記録達成ですよ!!」

「全然嬉しくねぇよ!!　バカにしてるだけじゃねぇか!!」

心ここに在らずの俺にウキウキとした表情でサムズアップするステラ。

俺はそんな彼女に自然にツッコミを入れていた。

おかげで強張《こわば》っていた気持ちがほぐれる。

「今のは冗談です。ここからどんどん昇格していくと思うので気にしなくてもいいと思います」

「そうだな。そのためにももっとダンジョンに潜らないとな」

ステラは俺の未来を確信しているように俺を励ます。

できれば、その期待に応えたいと思った。

「それと、二十五年間ゴブリンを狩っていたせいでお忘れかもしれませんが、Dランク以上に昇格するためにはあちらのクエストボードに貼られた依頼をある程度達成する必要がありますからね」

「そういえば、そんなルールもあったか……すっかり忘れてたな」

「やっぱりそうでしたか。ちゃんと話しておいて良かったですよ、知らないままだったらまた史上最遅記録を達成するところでしたからね」

「それはもういいっての!!」

再び俺を揶揄う彼女に唖然《あぜん》としながらも、そんなことを言われても全然気にならない自分がいた。

喉元過ぎればってやつだな。随分と長い喉元だったけど……。

「ふふふっ。それじゃあランクアップ手続きをしますのでカードを提出していただけますか？」

「了解」

おかしそうに笑う彼女の指示に従って俺は探索者《シーカー》カードを差し出した。

「はい、ありがとうございます。少々お待ちください」

カードを受け取った彼女はそれを機械に挿し込んで何やら作業を進める。

「それでは新しいカードをお返ししますね」

一分ほど待つと、ステラは俺にカードを手渡す。

「これは……」

受け取った俺は思わず目を見開く。

なぜならカードの材質が変わっていたからだ。勿論知識として知ってはいたが、俺はずっと鉄製の探索者《シーカー》カードを使用していたので、手触りや重さの変化に違和感が半端じゃない。

「Eランクになったのでブロンズ製のカードになりますね」

「そうだったな」

「これでラストさんはEランク探索者《シーカー》です。これからも頑張ってくださいね」

「ああ、任せておけ」

花が咲き誇るような笑顔を見せるステラに、自分の胸をポンと叩いてしっかりと頷《うなず》いた。


再び十階に辿《たど》り着き、ボス部屋に入ると、今日はゴブリンジェネラルが出現した。

「ジェネェ……」

「やっぱり出てこなかったな……」

一瞬で倒してしまったが。ヴァンパイアは出てこなかった。

「魔石と……ドロップアイテム、それとボスの討伐報酬の宝箱か」

倒れた場所にアイテムと宝箱が出現する。

「これは盾か……確かそういう情報は聞いたことがあったな」

ゴブリンジェネラルからのドロップアイテムは盾だった。

いわゆる円形の盾でラウンドシールドと呼ばれる物だ。

装備を揃える金もなかった以前の俺なら滅茶苦茶喜んでいただろうけど、今となっては普通に稼げてしまうのでさほど嬉しさはない。

ただ、俺の装備は片手剣だし、使えないことはないので左手に装備する。

それから、宝箱に入っていたのは小さな指輪だった。

能力値
身体　：247
精神　：250（+3）
器用さ：247
抵抗力：247
運　　：247
装飾品
精神の指輪

装備してステータスを確認すると、この指輪は精神を高める物だったようだ。

「さて、十一階層のお目見えだ」

俺はボス部屋の奥の扉を抜けて階段を下りていく。

「おおおおおおっ」

ほの暗い階段を抜けた先に広がっていたのは沢だった。

両脇を滅茶苦茶高い切り立った崖に挟まれて幅が百メートル以上ありそうだ。

俺は二十五年の間ずっと洞窟エリアにいた。

だから初めて別のエリアに入り、その風景を見て思わず感動してしまう。

蟹《かに》のようなモンスターが徘徊して、若い探索者《シーカー》たちが蟹と戦っている姿が目に入った。

「あれがサワークラブ。確かそれなりにドロップする脚を茹《ゆ》でるとなかなか美味いと聞いている。サワークラブを沢山狩るのも悪くないな」

帰った後で出てくるであろう料理を想像して、思わず涎が出てしまう。

「とりあえず、強さの確認に一度は戦ってみよう」

頬を両手でパンッと張って気持ちを入れ替えて誰も相手をしていないサワークラブへと近寄った。

「ブクブクブクブクブクゥ……」

改めて見るとサワークラブはかなり大きく、普通の蟹の数倍のデカさがある。

甲羅も頑丈で重そうにもかかわらず、カシャカシャと素早い動きを見せる。

――スパァンッ！

しかし、速さも防御力も俺の前には意味をなさず、一撃で昇天した。

「おっ。脚を落とした。幸先いいな」

沢階層の代表モンスターであるサワークラブをなんなく倒し、自分の力が通用することを確認した俺は、ドロップした脚と魔石を拾い、暫く蟹を倒して足を集めることにした。


「ミラさん」

「おや、お帰りラスト」

「これを受け取って欲しい」

宿に帰ると、以前巾着袋を渡したように大きな袋をミラさんに渡そうとする。

「またかい？　だから――」

「違うって。これはサワークラブの脚だ。これで美味い料理作ってくれないか？」

「なんだい。ちょっと早く帰ってきたと思ったらそういうことかい」

勘違いしたミラさんを制止して中身を説明すると、彼女は少し呆《あき》れた表情になった。

「ああ。明日の献立にでも使ってくれよ」

「そういうことならありがたく頂戴するよ」

流石《さすが》に毎日だと飽きると思うけど、気が付いたときは持ってこようと思う。

そうだ。サワークラブの脚以外にも食材として人気のドロップアイテムはある。

それを定期的に宿に持って帰ろう。

そうすれば、ただでさえ美味いご飯が、さらに美味くなって繁盛すること間違いなしだ。

そうすれば俺も嬉しいし、店も嬉しいし、他のみんなも嬉しい。いいこと尽《ず》くめだ。

お金は受け取ってくれないけど、これなら少しは恩返しになるだろう。

「うめぇ!!　まじ、うめぇ!!　世界にはこんな美味い物があったのか!!」

「はいはい。ちったぁ、落ち着いて食べなよ」

食材を渡して調理してもらった料理は、クラブの脚を茹でた物や鍋、カニクリームコロッケ。

どれも二十五年経って初めて食べたけど、信じられないくらい美味かった。

「うわぁ、あいつが喰ってるやつ、俺も喰いてぇ」

「すみません、あれ食べれます？」

「すまないね。アレは食材を獲ってきた特権でね。あんたらは明日なら出せるよ」

他の宿泊客も俺の方を見てミラさんに頼んでいたが、今日は俺だけのために作ってくれたらしい。

「うぅ～、明日が待ち遠しい」

「早く喰いてぇ……」

「楽しみだなぁ」

ここに泊まっている客は低ランクの探索者《シーカー》が多く、クラブが出る階まで行っていないやつも多い。だから、楽しみになるのも無理はない。でも、今日だけは許してくれ。これからこの店の料理はさらに美味くなるから。みんな我慢しなくて済むようになるから。


「よっしゃ!! ついに貯まったぞ!!」

クラブを狩りまくって所持金が金貨十枚を超えた。金貨以上のお金はギルドに預けてある。探索者《シーカー》カードには支払機能もあって、ギルドに預けてある金額分の買い物ができる。大きな買い物をするときや対応している場所ではカードによる支払いが普通だ。

でも、硬貨での支払いにしか対応してない店もあるので、銀貨以下は自分で持つようにしている。

俺はその足で魔導書を扱う店に突撃した。

「いらっしゃいませ。なんの魔導書をお求めですか?」

「金貨十枚で買える魔導書って何があるんだ?」

魔導書についていてわからないので説明してもらう。

「そうですね。在庫があるのは、風魔法のウィンドカッター、水魔法のウォーターショット、土魔法のストーンバレットでしょうか」

　ウィンドカッターは風属性の魔力の刃を飛ばして相手を切り裂く魔法。ウォーターショットは水属性の槍の穂先のような形の魔力を飛ばして貫く魔法。ストーンバレットは石礫《いしつぶて》を発生させて敵を貫く魔法。とのこと。

「火魔法はないのか？」

「はい、残念ながら火魔法は他よりも人気があって少しお高くなっておりまして。いかがなさいますか？」

　どうせなら派手な魔法が良かったんだけど……。

　火魔法の一番初歩の魔法であるファイヤーボールは、人の頭よりも一回りくらい大きな炎の球を相手に飛ばして燃やす魔法だ。初級の魔法の中では見た目が一番派手でかっこいい。

　でも、二十五年も我慢した俺は、これ以上待てそうにない。

「それじゃあ、風魔法のウィンドカッターを貰えるか？」

「わかりました。こちらになります」

　俺は次に派手そうなウィンドカッターを選択。

　探索者《シーカー》カードで支払いを済ませて魔導書を受け取り、足早に宿に戻った。

　――ゴクリッ。

　魔導書をベッドの上に並べて喉を鳴らす。

「よし、使うぞ」

　適性があれば、魔導書を開くことで魔法スキルを得ることができる。

俺は恐る恐るウィンドカッターの魔導書を開いてみた。

「くっ」

中には複雑な文字列や魔法陣が記述されている。

開いた瞬間、頭の中に直接知識が送り込まれて少し目まいがしてふらついた。

しかし、それも一瞬のことですぐに治まる。魔導書は消えてなくなった。

「これで魔法を覚えたのか？」

俺は自分の手に視線を落としてみるが実感が湧かなかった。

だからすぐにステータスを確認してみる。

レベル　53／99（＋3）
能力値
身体　：259（＋12）
精神　：262（＋12）
器用さ：259（＋12）
抵抗力：259（＋12）
運　　：259（＋12）
魔法
ウィンドカッター

「おお!!　やったぞ!!　魔法を覚えてる!!　くぅ〜!!　こうしちゃいられない。ダンジョンに行こう!!」

昨日同様に、俺はすぐにダンジョンへと駆け出した。

◆　◆　◆

「来ぃたぁぞぉおおおおおおおっ!!」

俺はダンジョンに入るなりテンションが上がりすぎて大声で叫んでいた。

進化《クラスチェンジ》してからワクワクの連続で興奮が止まらない。

「うるせぇ!!」

「あ、はい、すみません」

しかし、同じ時刻に入った他の探索者《シーカー》に怒鳴られてしまった。

完全に今のは俺が悪い。

すぐに頭を掻《か》きながら平謝りをする。

怒鳴った男は、俺を一瞥《いちべつ》した後で不機嫌そうに鼻を鳴らすと、他のパーティメンバーと共にダンジョンの奥へと潜っていった。

「はぁ……ちょっとテンション上げすぎたな……」

俺は大きく息を吐いて反省する。

いい年して魔法ではしゃぐなんてみっともない……でもでも、だってしょうがないじゃない!!

嬉しいんだもの!!

「さて、今日も俺の相棒ゴブリン君に実験台になってもらおうと思う」

今やゴブリンは俺のスキルの実験相手になってしまっていた。

二十五年間を通して戦い続けてきたので、愛着というか親しみを感じていた過去が懐かしい。

「いた!!」

ゴブリンを見つけたので早速ウィンドカッターを唱える。

「いくぞ、ウィンドカッター!! うぉっ!?」

掌を向けて魔法を唱えた途端、臍《へそ》の下辺りから温かいものが体内を流れて手の先に集まった。

そして、緑色の三日月の刃が掌の前に十個以上出現した。

「ゴブッ!?」

魔法は目立つため、ゴブリンは俺に気づいた。しかし、時既に遅し。

ウィンドカッターはゴブリン目指して矢を超えるスピードで飛んでいった。

――スパァンッ!

刃に殺到されたゴブリンは細切れになった。

「はぁ!?」

俺は最下級魔法とは思えない威力を目の当《ま》たりにして、驚愕で顔を歪める。

過去に最下級の魔法を見たことがあるが、これほどの威力だった覚えはない。

出現する刃は一つで、体に切り傷をつける程度だったはずだ。

それなのに、俺が放ったウィンドカッターは最下級という括《くく》りでは収まらない威力があった。

「いやぁ……これ、ゴブリンじゃだめだな……」

どう見てもゴブリンではオーバーキル。もう少し強いモンスター相手に試してみることにした。

「ジェネェ……」

「ゴブリンジェネラル、お前もか」

十階層までに出現するモンスター全てに魔法を使用してみたが、ゴブリンジェネラルも含めて細切れになって死んだ。

「よーし、サワークラブ君、君に決めた!!」

サワークラブ君は少し防御力が高めなので、きっと俺の期待に応えてくれるはず。

――スパァンッ
「OH……」

その期待は脆《もろ》くも崩れ去り、バラバラになった。

「まぁいいや!!　魔法を使うのたーのしー!!」

もう魔法の威力を確かめるのを諦める。

その日はひたすらに魔法を使ってサラークラブを狩り続けるのであった。

「昨日も言ったよなぁ？」

「はい……申し訳ありませんでした」

「はぁ……全く、いい大人が魔法に夢中になって帰ってこないなんて……」

「言い訳のしようもありません……」

その結果、ミラさんに再び叱られる羽目になった。

その上、楽しくて魔石やドロップアイテムを拾うのを忘れた。

次の日、いつものようにギルドを訪れた。違うのはクエストボードを見ていること。魔法も覚えたので、そろそろ依頼を受けてみようと思い立った。回復魔法のヒーリングライトも習得済みだ。

それにしてもいろんな依頼がある。

ドロップアイテムを求めるもの。モンスターの討伐を求めるもの。ダンジョン内に自生する植物を求めるもの。ダンジョン内の坑道エリアの鉱石を求めるもの。ダンジョン内の宝箱から入手できる特定のアイテムを求めるもの。子守り。街の清掃。様々だ。

後半はダンジョンと関係がないものもあるが、町の依頼もここに集まってくるみたいだ。人々の要望の解決と稼げない探索者《シーカー》の救済措置なのかもしれない。

ただ、朝方の依頼の争奪戦はもう終わっていて、良さそうな依頼は多くない。

「このアイアンタートルの甲羅の収集をする依頼にしよう」

残っている中でも報酬の良さそうな依頼を選び、ステラの座る受付に向かった。

「こんにちは。ラストさん」

「こんにちは。今日はこの依頼を受けるつもりだ」

「えっ……アイアンタートルですか？」

ステラは依頼書を見るなり少し表情を曇らせる。

「あ、ああ……どうかしたのか？」

「いえ……ヴァンパイアを倒せるラストさんなら達成は可能だと思います。でも、この依頼なんですけど、報酬は良いのになんで残っていると思いますか？」

彼女の表情が気になって狼狽えながら尋ねると、逆に問い返された。

んー、アイアンタートルの依頼が残っている理由か。

亀のモンスターだけに防御力が高いから倒すのが大変かもしれない。

「んー、なかなか倒せないとかか？」

「それもありますけど、この亀のモンスターものすごく防御力が高いので、探索者《シーカー》の武器をダメにしてしまうことが多いんですよ」

俺の答えを聞いてステラが正解を述べた。

「なるほどな。その分経費がかさんで赤字になるわけか」

俺はその答えに納得して頷いた。

確かに適性ランクの探索者《シーカー》だと何度も攻撃することで武器がぼろぼろになりそうだ。

「そうなんです。だからあまりやりたがる人がいないんですよね」

「んー、まぁ物は試しだ。一回やってみようと思う」

納得はしたが、今の俺の攻撃力の確認のため依頼を受けてみることにした。

「わかりました。大丈夫だとは思いますが、気を付けて行ってきてくださいね」

「わかってる。ありがとな」

ステラが心配そうな表情を浮かべている。俺は安心させるように頷き、ダンジョンへと向かった。

十一階層の沢の中、ソロで岩の上をぴょんぴょんと飛び跳ねながら先へと進んでいく。

サワークラブは見かけるが、亀形のモンスターは今のところ見つからない。

「くそぅ!!　なんで十匹も!?」

「硬《か》ってぇ!!」

「みんな大丈夫!?」

途中でサワークラブに囲まれている若い探索者《シーカー》グループを見つけた。

「大丈夫か!!　助けはいるか!!」

俺は大きな声でそのパーティに声をかける。

こういうとき、勝手に助けると後でもめ事になるケースが多い。

だから一見ピンチで助けが必要な状況だとしても、基本的に声かけて確認を取るのが、探索者《シーカー》同士の暗黙のルールとなっている。

「すまない!!　助けてくれ!!」

「わかった!!」

きちんと救援を要請されたことで戦いに割って入った。

一瞬にしてサワークラブとの距離を詰め、剣で斬り裂いていく。

「す、すごい……」

パーティの中の誰かがポツリと呟いた。

俺は気にすることなくサワークラブを全て斬り殺した。

「大丈夫だったか？」

剣を鞘《さや》に収め、彼らに近づきながら無事を確認する。

「え、ええ、あ、はい。大丈夫です!!」

「助けていただいてありがとうございました」

「すみません、サワークラブは何度も倒していたから油断してました」

彼らはおどおどしながら俺に頭を下げた。

話を聞くと、最近ここを狩り場にして活動している若手のパーティだったらしい。

サワークラブには特に苦戦しなかったため、少し奥地へと進んだら、サワークラブが溜《た》まっていた場所に入って囲まれてしまったとのこと。

「なるほどな。無事で良かった」

「はい、あなたのおかげです。さぞ高ランクの探索者《シーカー》なのでしょうね？」

話を聞いて納得した後で、一人の十代半ば程度の青年が俺をキラキラした目で見てくる。

「いや、俺は最近Eランクになったばかりだぞ」

「え!?　あんなに強いのにですか!?」

俺の答えを聞いてその青年は目を見開いた。

「いろいろあってな。それよりもちょっと聞きたいんだが、いいか？」

これ以上この話題を続けるのは面倒なので話題を変えた。

「え？　はい、なんでしょう？　あ、サワークラブの魔石と脚の取り分とかですかね？　それなら俺たちはいらないので全部お渡ししますが」

先んじてトラブルになる前に取り分の話をしてきた青年だが、俺が聞きたいのは別の話。

「いや、サワークラブの魔石も脚もいらない。その代わりと言ってはなんだが、アイアンタートルが生息している場所を知らないか？」

「げっ!?　もしかしてあの依頼受けたんですか？」

その話をした途端、残念なものでも見るような視線を俺に向けてきた。

まぁ、わかった上で受けているから問題ない。

「そうだ」

「アイアンタートルは止めた方がいいっすよ。硬い、重い、デカいの三拍子が揃っているんですよね。倒すのに武器がダメになる、甲羅がドロップしても滅茶苦茶重くて持ち運ぶのが大変、そして甲羅はデカいので敵に襲われると対処が難しいっていう面倒なやつなんですよ」

「マジか……そこまでは考えてなかったな」

話を聞くとステラの話以上に面倒なやつだったみたいだ。

「だからキャンセルした方がいいと思いますよ」

そうは言うが、一度は引き受けた依頼だ。

それに依頼があるということはそれを必要としている人がいるってことだ。

「いや、せっかくここまで来たし、依頼があるってことは誰かが欲しがっているってことだろ？

それなら依頼を達成してやりたい」

面倒だからって反故《ほご》にするのは違うだろう。

「旦那はお人好《よ》しですね」

「旦那は止めろ。俺にはラストっていう名前があるんだ」

なぜか突然旦那呼びをしてくる青年に対して、俺は改めて名乗る。

「わかりましたよ、ラストさん。自分はエピルといいます。こっちがソーニャでそっちがタイゾー、そしてあいつがエビスンです。よろしくお願いします。アイアンタートルですが、十三階層に多く生息しているそうです。自分たちもまだ行ったことないので、どこにいるかまではわかりませんが」

　彼らは名乗り、軽く頭を下げた後でアイアンタートルに関する情報を教えてくれた。

「そうか。情報助かった。サワークラブは自由にしてくれ。それじゃあな」

「地上で会ったら酒でも飲みましょう!!」

「ああ」

　用を済ませた俺は彼らと別れ、十三階層にやってきた。

　十一階層と変わらず、浅く幅広い川がメインでその両脇には切り立った断崖が聳《そび》え立っている。

「アイアンタートルはっと……」

　付近を見回してお目当てのモンスターを探す。しかし、近くには見当たらない。

　彼らが嘘を言っていたとも思えないのでもう少し奥にいるのかもしれない。

　俺はアイアンタートルを探して奥地を目指した。

「シャアアアアアアアッ」

　その途中で体長三メートルほどある蛇形のモンスターと出会う。

　こいつは確かヘビーシャーク。サワークラブと同様に十一～二十階層の沢エリアに生息しているモンスターだ。

「はっ」

　――スパッ！

「グペッ」

ヘビーシャークは真っ二つに斬り裂かれた。戦闘能力は高くないようだ。

そしてそのまま姿が消えるかと思えば、ヘビーシャークの体は突如として現れた別の気配に咥《くわ》えられていた。モンスターが消える前に、真っ二つになった体をバリバリと咀嚼《そしゃく》し始める。

俺は気配を感じた瞬間、後ろに跳んだので無事だった。

「こいつがアイアンタートルか……」

突如として現れたのは、俺の身長と同じくらい盛り上がった岩のような甲羅を持つ巨大な亀。

岩みたいにジッとしていたため、すぐに気づけなかった。

俺はすぐに斬りかかる。

――キンッ！

しかし、俺のステータスでもその硬い甲羅に阻まれて、少し傷をつけるくらいしかできなかった。

「おおっ、かったいな」

思った以上の甲羅の硬さに嬉しくなる。なぜなら、魔法の威力を試すの丁度いいからだ。

「ウィンドカッター!!」

魔法名を唱えれば、いくつもの風の魔力の刃がアイアンタートルに向けて飛んでいった。

――ズバババババッ！

風属性の刃がアイアンタートルに殺到し、硬い甲羅をあっさりと切り裂いてしまう。

「え……」

俺はウィンドカッターの切れ味に呆然となった。

まさか自分の剣で斬るよりも攻撃力が高いとは……まぁ、この剣は当時手伝いとかして譲ってもらった安物だしな。しょうがないか。

バラバラになったアイアンタートルはすぐに魔石を残して消えた。

「本来なら甲羅を残すまで倒すのも大変ってことか」

甲羅を出すまでアイアンタートルを倒す必要があるため、一度や二度の戦闘では済まない。

一匹倒すのでも大変なのに、何匹も倒すうちに武器が壊れてしまうのだろう。

その点、圧倒的な能力値と魔法適性を持つ俺は問題なくアイアンタートルを狩れるわけだ。

その上、何匹か倒すと、割と簡単に甲羅が出た。これも俺の幸運の成せる技か。

「でっか」

ただ、その甲羅はエピルが言っていた通り、一メートル五十センチくらいの高さと奥行きが二メートルくらいあった。

確かにこんな物を運ぶのはパーティ単位でも大変そうだ。それが一人となれば尚更だ。

「おっ。案外軽いな」

しかし、重いと聞いていたが、片手で楽に持ち上がった。

持って帰れそうなので、そのまま左手をまっすぐ上に上げた状態で甲羅を持って走り始める。

甲羅は落とさないという自分ルールを設けて、点在する岩の上をぴょんぴょんと跳ねていく。

「ア、アイアンタートル!?」

「アイアンタートルの甲羅が走ってくる!?」

「いや、誰かがアイアンタートルを持ってるぞ!?」

「なんだと!?　あれは数人がかりでようやく運べる重さなんだぞ!?」

探索者《シーカー》たちが何やら驚いているが、どうしたんだろうな？

まぁ、気にしなくてもいいか。

「よっ。ほっ。はっ」

途中からただ走るのも飽きてきたので、バク転やバク宙をしたり、頭の上に甲羅を載せてバランスを取りながら走ったりと、曲芸じみた遊びをしながら走り始める。

目まぐるしく動いているが、気持ち悪くなったり、バランスを崩してしまったりすることもなく、簡単に実現できてしまう。

進化《クラスチェンジ》した体は以前と違ってイメージ通りに動かすことができ、頭からつま先まで神経が行き渡っているような感覚がある。

「な、なんだあれは!?　甲羅が飛び跳ねてる!?」

「甲羅が宙に浮いているわ!!」

「甲羅が踊っている……だと!?」

そんなことをしていたら、すれ違う人たちからさらに注目を浴びてしまった。

ちょっと恥ずかしいな……。

羞恥に染まりながらも、気づけばダンジョンの入り口に辿り着く。

前の体だったら持ち上げることすらできなかった。

運ぶ手段があっても、こんなに短時間で十三階層から帰ってこれなかっただろう。

それに、走っていたのに全く息が上がっていない。

自分の体はこの程度では疲れも知らないらしい。

「おい、あいつアイアンタートルの甲羅片手で持ってるぞ？」

「あんな高ランク探索者《シーカー》知ってるか？」

「なんかどこかで見た覚えがあるような気がするんだけど、どこだったか……」

アイアンタートルを持って移動しているだけなのになぜかジロジロと俺を見つめてくる。

俺じゃない誰かを見ているのかと思って少し辺りを見てみたが、全員の視線が交わるのは俺自身が立っている場所だった。

「とっととギルドに行ってさっさと納品を済ませよう」

ダンジョン内と同様に大道芸のようなことをしていたのならわかるが、持って移動しているだけなのに人目を集めてしまい、なんだか居心地が悪いのですぐにギルドを目指して走った。

ギルドまでできるだけ無心で走った。

「やっと着いた……」

ずっと注目を浴びていたせいで、ギルド前に辿り着いた途端、疲労感が襲い掛かってくる。

「おいおい、これってアイアンタートルの甲羅だよな？　どうしたんだ？」

丁度そのとき、職員の制服を着た男がギルド内から出てきて俺を見るなり、話しかけてきた。

「いや、依頼を受けて獲ってきたんだけど、これってどう納品すればいいんだ？」

「ああ、そういうことか。普通に入って受付に行けば指示を出してくれるぞ」

「おお。わかった。ありがとう」

「いいってことよ」

初めてだったため確認したが、いつもと変わらないようだ。

俺は男に礼を言った後で普段通りスイングドアからギルド内に足を踏み入れた。

「お、おい、あいつ、アイアンタートルの依頼を受けたみたいだぞ……」

「マジだ……可哀想《かわいそう》に赤字じゃねぇか……」

「いや、アイツの武器を見てみろよ」

「折れてねぇ」

「ああ、それにアイツは一人……言ってる意味がわかるな？」

「それって……」

「そうだ。あいつはソロでアイアンタートルを狩って運んでこれるってことだ」

ここでもなぜか滅茶苦茶ヒソヒソ話をされる。

めっちゃ聞こえてるけどな。前とは別の意味で居心地が悪い。

「ステラ、ただいま」

「おかえりなさ……って、ラストさん!?　もう依頼終わったんですか!?　まだ一日ですよ!?」

俺はそそくさと受付に近づき、作業をしていて俯いていたステラに声をかけた。

そしたら、二度見されて、捲《まく》し立てるように問い詰められる。

「あ、ああ。まぁな」

「進化《クラスチェンジ》したのは知ってますけど、まさかここまでとは……」

ステラは頭上の甲羅から俺のつま先までを観察しながらウンウンと感心している。

「そんなにすごいことなのか？」

俺としては改めて感心されるとは思わなかったので首を傾げる。

「ええ。アイアンタートルは適性ランクの探索者《シーカー》が一人で倒すモンスターじゃありませんし、ドロップアイテムの大きさと重さから一人で持って帰ってくる人もまずいません。ラストさんが達成できると言ったのも倒すのに時間をかけた上で、何日もかけて引き摺《ず》ってくると思っていたので……まさかその日のうちに片手で持ち上げて余裕で帰ってくるとは思いませんでした」

「そうだったのか……」

どうやら思っていたよりもすごいことを成し遂げてしまっていたらしい。

「私としては予想以上にラストさんが強くなっていることがわかって良かったです」

自分がやったことに呆然となっていると、彼女はニッコリと笑って言った。

なかなか切り替えが早い。

「それでは報酬をお渡ししますね」

「ああ、頼む」

俺は指示された場所に運んできた甲羅を納品して依頼の達成手続きを行う。

「こちらが今回の依頼の報酬の金貨十枚になります。それと魔石はDランクなので、銀貨一枚です」

「おお‼　改めて見るとすごいな」

一度の依頼で金貨十枚。非常に美味《おい》しい依頼だった。

他のパーティには難しい仕事でも今の俺にとって一日で終わらせられる仕事。

その上、魔法で倒せるので武器もだめにならない。

こんなに簡単に稼げる仕事があっていいのだろうか。

「そうですね。本来であれば数日かけてやる依頼であることと、数人でやることを考えるとあまり割のいい仕事とは言えませんが、ラストさんは一日かつ一人でこなせるのでかなり割のいいお仕事になりますね」

「やっぱり一人は一人でメリットがあるな」

ステラが稼げる理由を他にも挙げてくれる。

報酬面で分配しなくてもいいから、依頼を達成できさえすればかなり稼げる。

それは非常に大きな利点だった。

「それはそうですけど、一人にはデメリットも多いのでお仲間がいるといいんですけどねぇ」

「なかなか信用できる相手ってのがいなくてな」

しかし、ステラは心配そうな表情でぼやく。

勿論ステラが言っていることもわかる。

背中を任せられるっていうのはすごく安心できるものだ。それにリフィルが待っている最奥まで辿《たど》り着くには一人よりも仲間がいた方がいい。

ただ、言った通り信頼のおける相手っていうのを見つけるのが難しい。

俺は元々『雑魚』という存在だったので、近づいてくる人間には疑り深いところがある。

この街で信頼できるのは、リフィル、ステラ、ミラさん一家、そして馴染みの店の店主たち。この程度だ。この人たちは俺がここに来た頃から変わらず良くしてくれている人だから信じられる。

でも、知らない人間となると、性格や過去がわからないので、どうしても信用しきれない。

「ラストさんの気持ちもわからなくもありませんが……」

「もう暫くは一人でやってみるさ」

今は進化《クラスチェンジ》して順風満帆《じゅんぷうまんぱん》。前と違って着実に強くなってるし、そんなに焦る必要はない。

リフィルはダークエルフだから元々寿命が長い。エルフと同じくらい生きる種族だしな。俺も精神パラメータがかなり上がり、見た目も若返ったので、寿命も延びているはずだ。

上級役割《ロール》の人が大体八十年生きる。俺は彼らの四倍近い精神の値がある。種族自体の寿命限界は延ばせないが、二百年くらいは生きられるんじゃないだろうか。

それなら腰を据えてしっかりと信頼できる仲間を集めた方がいいだろう。

「そうですね。焦らなくてもラストさんはどんどん強くなられると思うので、実力よりも性格や人柄がいい人をしっかり見つける方がいいと思います」

「ああ。ありがとな」

ステラもそんな俺に笑いかけてくれた。

第二章　再会

「それじゃあ、またな」

「はい、頑張ってください」

俺はステラに別れを告げ、ギルドの入り口へと向かう。

「おい」

さて、明日からはどうしようか。

アイアンタートルの甲羅収集は正直言って美味しい。

依頼がなくなるまでは、この依頼で稼ぐのがいいんじゃないだろうか。

「おいって言ってんだろ？」

考え事をしていると、突然後ろから攻撃の気配が感じられたので身を躱す。

「うぉっ」

俺がいた場所を見れば、悪人面の筋骨隆々の男が倒れていた。

「兄貴!!　てめぇ、よくも!!」

「許さねぇぞ!!」

その男の他に二人の取り巻きみたいな人間が吠《ほ》える。

『雑魚』の俺なら完全に委縮してしまっていただろう。今の俺にはそよ風みたいなものだ。

「いや、そっちが勝手にこけただけだろ？　俺になんの用だ？」

「てめぇ。俺を無視した挙句《あげく》、恥をかかせやがって……」

倒れた男はわなわなと肩を震わせながら立ち上がり、俺を睨みつけてくる。

こういう相手は珍しい。

「おいあれって……」

「ああ。Cランクパーティ、オークの鉄拳だ……」

「あいつEランクに上がったばかりなんだろ？　可哀想に……」

俺たちのやり取りを見ていた周囲の人間たちがざわつき始める。

「ん？　俺に話しかけていたのか？　すまんな、二十五年ほとんど話しかけられることがなかったんだ。だから、まさか俺に話しかけているとは思わなくてな」

それについては悪いことをしたので頭を下げておく。

「お、おう。ってそうじゃねぇ!!　お前最近調子に乗ってるみたいじゃねぇか」

「いや、そんなつもりは全く……ないこともなかったな……」

こいつの言葉を否定しようとするも、ここ暫くの自分の行動を思い返してみると、確かに調子に乗っていると思われても仕方がない行動をしていた。

防具なしでダンジョンに潜ったり、魔法を覚えてすぐダンジョンに潜ったり、確かに注意されてもおかしくはない。

「今日もステラちゃんにちょっかい出しやがって。俺がその性根を叩き潰《つぶ》してやる」

と思えば、俺が全く考えもしなかった言葉が飛んできた。

要はただの嫉妬か。その気持ちはわからなくもないが、他人を傷つけるのは違うだろう。

「へぇ〜、やってみせてくれよ」

ただ、思うところがあって俺は男を煽《あお》ってみる。

「どうやらボコボコにされないとわからないらしいな」

「御託《ごたく》はいいからさっさとかかってこい」

「てめぇ!!」

感嘆に俺の挑発に乗った悪人面が俺に躍りかかってきた。

遅い。

それがこいつらの動きを見た際の感想だった。

上級役割《ロール》以上の能力値を持っている俺にとってこいつらの動きは赤ん坊がハイハイしているのに等しいほどの速度だ。

俺は今回対人で自分がどの程度通用するのかを知るためにこいつらの喧嘩《けんか》を買ってみた。

先ほどの周りの話を聞く限り、こいつはCランク探索者《シーカー》。つまり俺の二つ上のランクだ。

その結果、想像以上に自分が強くなっていることを知った。

「おらぁ!!」

ようやくリーダーの男が殴りかかってきた。

その攻撃を自分に当たるギリギリまで目視してから躱し、足を払ってやった。

「ぐぺっ」

反撃を予想していなかった上に、足元が御留守でリーダーは床に顔面からダイブ。

「てめぇよくも!!」

直後、一人目の手下が俺に襲い掛かってくる。

こいつはリーダーみたいな筋骨隆々《きんこつりゅうりゅう》という外見じゃない。ひょろひょろとしているためか、リーダーよりも身軽で少し動きが速いが、ただの誤差だ。

「ぐへっ」

一人目の手下の攻撃も軽く躱して首に手刀を叩き込んで失神させた。

「兄弟の仇《かたき》!!　ぐほっ」

最後に二人目の手下が襲い掛かってきたが、特筆すべきところはなく、すぐ意識を刈り取った。

「あいつ、Eランクになったばっかなのに Cランクのオークの鉄拳をあっさりのしちまったぞ!?」

「ていうかアイツ誰だ？　あんなやついたか？」

戦いを見ていた野次馬たちがザワザワと騒ぎ立て始める。

しっかし、若返って少し外見が変わっただけで気づかれないもんだな。

俺にはそれが不思議で仕方がなかった。

「なんの騒ぎだ？」

騒々しさがたった一人の声で静まり返った。

どう見ても十代の可憐《かれん》な少女にしか見えないのに、その言葉遣いはまるで男を思わせる喋《しゃべ》り方だ。

尖った耳と褐色の肌、白銀に輝く長い髪とアメジストのように光沢のある瞳、そして人間を超越した容姿を持つ種族、その名はダークエルフ。

月の光を思わせる輝きを放つロングヘアーを揺らし、颯爽《さっそう》と歩いてくるその姿は、かつての彼女の姿そのままだった。

彼女は数人しかいない最高ランクであるSSSランク探索者《シーカー》の一人、リフィル・ヴァーミリオン。

俺の憧れの探索者《シーカー》であり、命の恩人。

ただ、俺が大きくなったせいか、彼女が思ったよりも小さかったことをこのとき初めて知った。

この三十年くらいなんのかんの会う機会がなかったからな。俺が避けていたってのもあるし。

彼女を見るのは本当に久しぶりだ。

「は、はい。オークの鉄拳がラストさんに絡みまして、返り討ちにされたところです」

「なんだ、そういうことか。ん～？　どこかで見たことがある魔力の質のような……」

ステラの言葉を聞いた後、眉間《みけん》に皺《しわ》を寄せ、顎に手を当てて顔をグイっと近づけて俺の顔を観察するリフィルさん。

俺はその端正な顔が目の前に近づいてきたため、思わず顔を背けてしまった。

いやいや、そんなに詰め寄られたら直視なんてできないから!!

俺は内心、大声で叫ぶ。

今の俺の顔は茹でだこのように真っ赤になっていることだろう。

「確かにどこかで会った気がするんだがなぁ……」

喉まで出かかってるのに、あと一歩何かが足りない。

彼女はそんななんとも言えない表情をしながら俺の顔をまだ見つめている。

「お、お久しぶりです。以前私の村が襲われた際に助けていただきました。とはいえもうかれこれ三十年ほど前になりますが……」

そこで俺は意を決してシャツの中からネックレスを取り出して彼女に話しかけた。

もしかしたら思い出してくれるのではないという期待を込めて。

そのネックレスはかつて彼女に預けられた物。彼女との約束の証だ。

「ほう……なるほどな。ふむ……それは……」

彼女は胸元に光るネックレスに目を留める。

「あぁ～、思い出したぞ!! あのときの子供か……確かラストといったか。大きくなったな。村に暫く滞在したときに私に懐いていたのを覚えている。私があの村を出発するときには大泣きしていたな」

「まさか覚えていらっしゃるとは……お恥ずかしい限りです。忘れてください……」

あのときの俺は若かった……。

彼女に忘れられていなかったことに安堵と嬉しさを感じると共に、当時彼女にかなり迷惑をかけたことを思い出し、心の中で悶絶《もんぜつ》する。

「子供に懐かれたのはあのときくらいだからな。覚えているさ。元気にしていたか？」

「えぇまぁ……」

「そうか。懐かしい顔に会えたし、積もる話も聞きたい。今度食事でもどうだ？」

まさかそんな提案をされるなんて思わなかった。

「えぇ!? それは恐れ多いというかなんと言いますか……」

「何を言っているんだ。私と君の仲だろう？ 気にするな。話を聞かせてくれ」

「わ、わかりました」

驚きと戸惑い、申し訳なさと恐れ多さで辞退しようとしたが、そこまで言われては頷くしかなかった。

「一応私も名乗っておこう。リフィル・ヴァーミリオンだ。改めてよろしくな」

「は、はい。よろしくお願いします」

「それじゃあ、フレンド登録してくれ」

話を終えたと思いきや、さらに信じられない提案をするリフィルさん。

「え？」

俺は思わず呆《ほう》けた返事を返してしまう。

フレンドとは、探索者《シーカー》カード同士を合わせることで二人のカード上に知り合いとして記録される機能のことだ。お互いの合意の上で登録することによって、通話やメッセージが送れるようになる。

ただし、ダンジョンの中と外ではやり取りができないし、階層が別になっても応答できない。

そして俺が硬直した理由は、フレンドは余程仲良くないと登録しないものであることと、超有名人であるリフィルさんが誰かとフレンド登録をしたという話を聞いた覚えがなかったからだ。

「おいおい、連絡が取れないと不便だろう？」

「い、いいんですか？」

「私から言っているのに悪いことなんてあるか。さっさと探索者《シーカー》カードを出せ」

「わ、わかりました、ど、どうぞ」

どうやら本気らしく、彼女は自身の探索者《シーカー》カードを差し出してきた。

もうどうしようもないので意を決して自分のカードを出して彼女のカードと合わせる。

仄《ほの》かに光り輝き、すぐに収束した。これで登録完了だ。

「これで連絡が取り合えるな。用を済ませたら連絡するからな」

「了解しました」

「ではな」

彼女はフレンド登録をしてすぐに二階から現れた職員に別室へと連れていかれた。

「……」

「ラストさんってリフィルさんとお知り合いだったですね……」

石像となった俺に話しかけてきたステラ。

「はぁ……村を助けてもらってそのときに構ってもらっただけだけどな」

「それでも本当にすごいことですよ。彼女とフレンド登録した人なんて聞いたことありませんから」

「はははは。光栄だな」

リフィルさんとのフレンド登録がやはりかなり珍しいことがステラによって証明された。

俺は思わぬ幸運に苦笑いを浮かべるしかできなかった。

これも進化《クラスチェンジ》したことで運が上がったおかげなのかもしれない。


後日。

「待たせたな」

「いえ、今来たばかりです」

俺はリフィルさんと連絡を取り、待ち合わせた。

この日のために服を購入し、髪の毛などの身だしなみも整えてきた。

彼女が来るなり、周りが騒然となる。

そして、待ち合わせ相手が俺だというのを見て、嫉妬の視線を俺に向ける。

そんな風に見られても困る。

「それじゃあ、行こうか」

「え？」

リフィルさんは俺に手を差し出した。

俺はその意味がわからず、声を漏らす。

「ん？　昔はこうやって手を繋いで歩いていただろう？」

「いやいやいや、俺もいい大人ですし、そんなことできませんって!!」

ようやく意味を理解して慌てて拒否する。

あまりに恐れ多いし、憧れの人と手を繋いで歩くなんて心臓が持たない。

「私にとっては今も昔も変わらないんだ。さぁ遠慮するな」

「遠慮しますよ」

そんなことを言われても、はい、わかりました、とはいかない。

ただ、今も昔も変わらないと言われて、全く男として見られていないことに少し落ち込む。

「そんなに私と手を繋ぐのは嫌なのか？」

リフィルさんはシュンとした表情をする。

「そういうわけじゃないですけど……」

そんな言い方をされたら、嫌だとは言えない。

「じゃあ、いいじゃないか」

「はぁ……わかりました」

俺は根負けしてリフィルさんの手を握ることにした。

「うむ。それでいい」

差し出された手を握る。彼女の手は三十年前と同じく剣を握り続けている手だった。

ただ、あのときとは違い、心臓が破裂するんじゃないかと思うほどに激しく鼓動し始める。

「ほら、行くぞ」

「は、はい……」

俺はリフィルさんに手を引かれ、嬉しさと恥ずかしさで俯いて歩いていく。

今の俺の顔は好きな女の子に手を握られて顔を真っ赤にする少年そのものだろう。


「そういえば、その話し方はなんとかならないか？」

「えっとそれは……」

俺の憧れの人で、世界に数人しかいないSSSランク探索者《シーカー》。

Eランク探査者の俺が気軽に話していい存在じゃない。本来手を繋ぐなんてもってのほかだ。

それだけに、どうしたらいいか悩んでしまう。

「昔みたいにリフィルお姉ちゃんと呼んでくれてもいいんだぞ？」

「あの頃はガキだったので……」

見るに見かねたリフィルさんはニヤニヤとからかうような笑みを浮かべて昔の話をする。

俺は過去の話をされ、申し訳なさで苦笑した。

「いや、正直その方がありがたいんだ。周りには媚《こ》びを売ってくるやつらばかりでな。肩が凝って仕方ない。せめて顔馴染みのお前は普通に話してくれないか？」

「わかったよ、リフィルさん」

勿論本当に違いないだろうが、俺が敬語を使わずに済むようにお膳立てしてくれたわけだ。

全く頭が上がらないな。

「名前は呼び捨てか、リフィルお姉ちゃんだぞ」

「じゃあ、リフィルで」

姉呼びしてしまったら一生そこから抜け出せない気がしたし、意趣《いしゅ》返しも含めて恐れ多くも呼び捨てにさせてもらうことにした。

「ああ。それでいい」

しかし、彼女は満足げにニッコリと笑うだけで全く反撃にならなかった。

その笑顔は美化されているはずの記憶よりもなお可愛《かわい》らしく、俺の心は鷲掴みにされてしまった。

これも計算のうちだとしたら、俺は一生彼女に敵《かな》うことはないだろう。

「何か食べたいものはあるか？」

「いやないな。強いて言えば肉？」

「ははははっ。男の子だな。いいだろう。肉が美味い店に連れてってやろう」

俺とリフィルは並んで街を歩く。

こんな夢みたいなことがあっていいのだろうか。

行く人来る人がリフィルに視線を奪われる。

隣の俺を睨んだり、信じれないと呆けたりする人間が多い。少しだけ優越感に浸る。

「どうしたんだ？　そんなきょろきょろして……」

そのせいで動きが挙動不審になり、リフィル・ヴァーミリオンと一緒に歩いてるんだから
「そりゃあ、挙動不審にもなる。何せあのリフィルに困惑気味に尋ねられる。

「なんだその、あのってのは。私はただの探索者《シーカー》なんだがな……」

理由を聞いたリフィルは自嘲気味な笑みを浮かべる。

「ソロでしかもSSSランクは〝ただの〟とは言えないな。片手で数えられるだけしかいないんだから」

彼女は最強の探索者《シーカー》の一人だ。緊張するなって方が無理があるし、周りの視線も気になる。

「はぁ……肩書というのは面倒だな。私はダンジョンの最深部を目指しているだけだというのに」

「それは有名税だと思って諦める他ないな」

「それはわかるが、いつもこうではなぁ……」

長い間、溜まりに溜まったものが俺という顔なじみがいることで溢れ出す。

「はははっ。でも俺は嬉しいけどな。リフィルに助けられたことは一生の自慢だ」

「ラストにそう言われると悪くない気分だな」

俺がテンション高めに言えば、彼女も少し機嫌を直して笑った。

数分ほどたわいのない話を続けていると、リフィルの行きつけのお店に辿り着く。

「さて、今日は私が出すから好きな物を食べていいぞ」

「わ、わかった」

そこまで格式高いというわけでなく、俺でも入ろうと思えば入れそうな雰囲気だ。

奥の個室に案内された俺たち。店員を呼んだステラは慣れた様子で料理を頼んだ。

「さて、久しぶりの再会を祝して乾杯」

「乾杯」

——チンッ。

料理の前に酒を頼み、コップを軽くぶつけ合う。

「それじゃあ、お前の話を聞かせてくれ」

「ああ。わかった」

俺に話をせがむリフィルに応じて話し始めた。

◆　◆　◆

その日はいつもと変わらない一日だった。

「モンスターだぁあああああっ!!」

違ったのは、村の住人が寝静まった頃に見張りの叫び声が聞こえたことだ。

「お前はここに隠れていろ」

「絶対に出てきちゃだめよ」

俺は両親に起こされて念を押されて家の収納棚に押し込まれた。

悲鳴、怒号、獣の声、何かが破壊される音が鳴りやまない。

僕は耳を塞《ふさ》いでギュッと目を瞑り、ガタガタと震えていた。

父さんと母さんなら大丈夫。二人とも村を守る戦士でモンスターくらい簡単に倒せる。

「ぐわぁあああああっ!!」

「きゃあああああああっ!!」

そう言い聞かせる中で男と女の悲鳴が聞こえた。

父さんと母さんの声に似ている気がする。もしかしたら二人が殺されてしまうかもしれない。

そう思うといても立ってもいられず、約束を破って外に飛び出していた。

家の外は地獄だった。

村に侵入してきたモンスター、逃げまどう人々、既にこと切れている村人、崩壊した家。その全てが燃え盛る炎によって朱色に染め上げられていた。

その光景に腰を抜かした俺はその場にへたり込み、ただただ、村人がモンスターに喰われていく様を見ているしかできなかった。

そして、呆然とする中、俺に影が落ちた。

「あ……あ……」

目の前にいたのは巨大な黒い狼。普通の狼の数倍はある。

その口元は血に濡れ、口から覗く巨大な牙から地面に血が滴り落ちていた。

喰われる……。

目が合った瞬間、俺はそう思った。

狼は身を引いて獲物に喰らいつく予備動作に入る。

「だ、だれか……助けて……」

俺がようやくできたのはただ願うように呟くだけ。

狼は放たれた矢の如く俺に襲い掛かった。

もうだめだ……。

俺は恐怖で目をギュッと閉じた。

しかし、次の瞬間、目を瞑っていてもなお眩い光が降り注いだ。

俺はうっすらと目を開ける。

流れ星のようなその光は、その場を包み込み、燃え盛る炎も、村を襲う化け物も消し去った。

その真っ白な世界に、銀色の髪をなびかせる少女がただ一人佇んでいる。

綺麗《きれい》だ……。

その後ろ姿が俺の目に焼き付いて離れなかった。

「無事か？」

その女の子はゆっくりと後ろを向いて尋ねる。

「え、あ……」

その女の子が顔を見せた瞬間、俺は目を奪われた。

——ドクンッ。

幼い俺の鼓動がひと際大きく波打つ。

年の頃は十代後半。月に照らされてまるで絹糸のような光沢を放つ青みを帯びた銀髪。浅黒い肌と全てを見透かすような澄んだ紫色の瞳。そして、均整のとれた体つき。

白色のドレスと白銀の鎧が合わさった衣装に身を包むその少女は、俺を優しげに見下ろした。

俺には彼女がまるで、自分たちを助けに来てくれた女神様のように見えた。

それこそがリフィルだった。

このとき、俺は子供心にもリフィルに心を奪われてしまった。

「女神様？」

「ははははっ。私のことか？　そう言ってくれるのは嬉しいが、そんな大層なものじゃないぞ」

呟きを聞いたリフィルは、笑いながら俺の前にしゃがんで優しく撫でる。

その顔を見ているだけでドキドキが止まらなかった。

「安心しろ。怖いものはもう全て倒した」

リフィルは何を思ったのか、俺をぎゅっと抱きしめる。

俺は恥ずかしくなって身じろぎしたけど、リフィルの力が思った以上に強くて抜け出せなかった。

彼女はものすごくいい匂いがした。

暫く抱きしめられていると、なんだか安心してくる。

俺は緊張の糸が切れたせいか、いつの間にか目を閉じていた。

「おっ。起きたみたいだな」

起きたとき、外は明るくなっていて、俺はベッドに寝かされていた。

ベッドの横から俺の顔を嬉しそうに覗き込んできたリフィル。

「う、うん」

俺はその可愛らしさにドギマギしながら、体を起こして辺りを見回した。

この部屋には見おぼえがあった。来たことがある場所だ。

「ここはお爺《じい》ちゃんのうち？」

「ああ、そうだ」

俺は爺さんの家、この村の村長の家の客室に寝かされた。

「あっ。お父さんとお母さんは？」

俺はリフィルに心を奪われてすっかり忘れていたが、父さんと母さんは応戦していた。

あのとき聞いた悲鳴は、父さんと母さんのものじゃない。

そう思いたかった。でも俺のその願いは叶《かな》わなかった。

「それなんだが、君の両親は亡くなった。すまない……」

「そんな……!?」

リフィルは嘘をつくことなくはっきりと答えた。

それはそれは申し訳なさそうに。彼女が悪いわけじゃないのに。

涙が溢れてくる。そんな俺を彼女は再び抱きしめた。俺は彼女の胸の中でわんわん泣いた。

悲しみを全て吐き出すように。

「すまない……私が遅くなったばかりに……すまない」

彼女はうわ言のように懺悔《ざんげ》しながら俺の頭を撫でていた。首筋に冷たいものを感じる。それは頭の上からポツリ、ポツリと落ちてきていた。思い返せば、それはリフィルの涙だった。

「もう大丈夫そうだな。私は外に出てくる。大人しくしているんだぞ？」

「あ、ちょっと待って。僕も行く」

俺がもう出るものがないくらい涙を流した後、頭を軽く撫でて立ち上がるリフィル。

だけど、俺は一人になりたくなくてベッドから降りた。

「危ないぞ？」

「大丈夫」

「そうか、わかった。ついてこい」

「うん」

リフィルの真剣な表情に俺はしっかりと頷き返す。

そしたら彼女は俺に手を差し出した。俺はその手を取った。

彼女が俺の手を引いてゆっくりと歩く。

彼女の手はその見た目とは違い、思った以上にゴツゴツしていたけど、大きくて温かい。

その手は父さんと母さんの手とよく似ていて好きだった。

「村が……」

村の建物は壊れているものが多く、俺が覚えている村の景色はあまり残っていなかった。

「私がもっと早く来ていれば、ここまで荒らされることもなかったんだがな……」

リフィルは何も悪くないのにやっぱり申し訳なさそうな顔をする。

「リフィルお姉ちゃんは何も悪くないよ!!　お姉ちゃんが来てくれたおかげで僕はあの怖い生き物

に食べられなくて済んだんだ。ありがとう!!」

だから俺は一度手を離して、精一杯の気持ちを込めて彼女にお礼を言った。

「……どういたしまして」

彼女は一瞬キョトンとした顔をした後、しゃがんで俺の頭を撫でる。

リフィルが笑顔になったのを見て俺は少し安心した。

「そういえば、名前を名乗っていなかったな。私はリフィル・ヴァーミリオン。暫くこの村の復興を手伝うつもりだ。よろしくな」

「俺はラスト!! ラスト・シークレットっていうんだ!! よろしくね、リフィルお姉ちゃん」

リフィルが差し出した手を俺も自己紹介をして握る。

「お姉ちゃん……か。そんな風に呼ばれたことは一度もなかったが、なかなか悪くないな」

「えへへっ」

リフィルは満足げに頷いた後、優しげな眼差しで俺を見つめながらもう一度撫でた。

くすぐったいけど、温かくて気持ちよくて、いつまでも撫でていてほしい気持ちになって、父さんと母さんが死んで悲しいはずなのに、笑みがこぼれてしまう。

「それじゃあ、私は復興の手伝いをしてくるから、遊ぶなら気を付けるんだぞ?」

「見てる」

それから村の復興が終わるまでの間、俺はリフィルの後をついて回った。

リフィルのダンジョンの冒険話を沢山聞いた。

そのとき、俺も探索者《シーカー》になって彼女と一緒にダンジョンに潜りたいと思った。

そして、彼女との時間はあっという間に過ぎていった。

数カ月後、復興が一段落したところでリフィルはダンジョン都市に戻ることになった。

「それじゃあ、またな、ラスト」

「うっ、うん……ぐすっ」

俺はリフィルと離れるのが寂しくて悲しくて涙が我慢できなかった。

「男の子だろ？　泣くな。私との約束を忘れたのか？」

「ぜ、絶対、ダンジョン都市に行って探索者《シーカー》になって……ぐすっ……リフィルお姉ちゃんと一緒にダンジョンに潜れるようになるよ!!」

リフィルとした約束を思い出し、俺は涙を拭ってニッコリと笑って見せる。

「そうだ、その意気だ。お前が来るのを楽しみにしているからな」

「うん、リフィルお姉ちゃんも絶対忘れないでよね!!」

リフィルが突き出した拳に俺も拳をぶつけた。

「わかっている。そんなお前にこれを預けよう」

そう言ってリフィルが胸元から取り出したのは、青い石が付いたネックレス。

なんだか吸い込まれそうな魅力がある。とても綺麗だ。

「これは？」

「私の母の形見だ」

「そんな大事な物受け取れないよ!!」

小さい俺にだってその形見が大事な物だってことくらいわかった。

そんな物を俺が貰うなんてできるはずがない。

「言っただろ？　これはやるんじゃない。預けるんだ。強くなって私に返せ」

「うん……うん……返しに行くから!!」

真剣なことが嬉しくて、また涙が出そうになるけど、必死に堪《こら》えて笑ってみせた。

「なら、これはそのときまでお前に預けておく」

「わかった」

リフィルは優しい眼差しで見つめながら、外したネックレスを首にかけてくれる。

「それじゃあ、元気でな」

「うん、お姉ちゃんも元気でね!!　約束、忘れないから!!」

手を挙げるリフィルに、我慢しきれなくて涙を流しながら、俺は手を振って大きく叫んだ。

「ああ、期待して待っているぞ!!」

それきりリフィルは振り返ることなく、村を旅立っていった。

俺はその姿が見えなくなるまでずっと手を振り続けていた。

その日から俺はリフィルとの約束を守るために、村の狩人のおじさんや警備隊のおじさんたちに教わって森の歩き方や剣の振り方、そして体力の付け方なんかを教えてもらい、毎日ひたすらに訓練に打ち込んだ。

そして、気づけば俺は十三歳になっていた。

「いいか、ラスト。今日でお前も十三歳だ」

「うん」

村長である爺さんは俺に話して聞かせる。

「十三歳というのは特別でな。子供は十三歳になったら、探索者《シーカー》になるにしろ、ならないにしろ、ギルドで神に祈りを捧げて役割《ロール》を授かるのが習わしだ。その役割《ロール》には様々な恩恵がある。お主の夢を叶えるためには役割《ロール》を授からねばならない。一番近いギルドは、リフィル殿がいるダンジョン都市リミネアという街にある。リミネア行きの馬車が出ている街までは連れていってやれるが、それ以降は一緒についていってやることはできない。それでも本当に行くのか？」

「うん、俺はリフィルお姉ちゃんとの約束を叶えるんだ」

俺はネックレスを服の上から握りしめて、絶対に諦めないという意思を込めて返事をした。

「そうか、わかった。お前にはこれを渡そう」

「これってまさか？」

爺さんから差し出された剣と皮鎧、そして盾を見て俺は目を丸くする。

「そうだ、ラスト用の剣と、動きを阻害しない防具類だ」

「ありがとう、お爺ちゃん!!」

まさかそんな物を準備してくれていると思っていなかった俺は、鼻の奥がツーンとしてしまった。

「気にするな。お前ももう立派な男だからな。これくらい必要だろう」

「大事にする!!」

爺さんは優しげに笑いながら俺の頭を撫でる。

俺は目をこすった後で武器と防具をギュッと抱きしめた。

「あっちでも達者で暮らせよ。そして、たまには顔を見せに帰ってこい」

「わかった!!　帰ってくるよ!!」

俺は早速貰った装備に着替えて家を出る。

リフィルに出逢《であ》ってから七年、俺はようやく村から出立した。


「うわぁ……ここがダンジョン都市リミネアかぁ……」

それから二カ月後、俺はリミネアに辿り着いた。

その威容に俺は口をあんぐりと開けてその城壁を見上げてしまう。

話に聞く城そのものが城壁になっているみたいだ。

しかもこの城壁が街をぐるっと囲んでいるらしい。

「坊主、リミネアは初めてかい？」

俺と一緒に馬車に乗ってきたおじさんが声をかけてきた。

見た目は少し強面《こわもて》だけど、声色は優しげで怖い人ではないように思う。

「え、あ、はい、そうなんです。探索者《シーカー》になろうと思って」

「そっか、おめえさん、今年十三歳か？」

「そうです」

「そっか、それなら良い役割《ロール》に恵まれるといいな」

おじさんはその強面を歪めて優しく笑う。

「はい、ありがとうございます」

「あ、そうだ。俺がギルドまで案内してやるよ」

「ホントですか⁉」

思いもよらない申し出に俺は一も二もなく飛びついた。

リミネアは村とは比べ物にならないくらいに大きくて、絶対に迷ってしまいそうだった。

案内してくれる人がいるなら案内してもらった方がいい。

「ああ、これも何かの縁だ。それにお前みたいな初めて来たばかりのガキが迷ってなかなかギルドに辿り着けねぇってのは毎日のようによくある話なんだよ」

「そうなんですね、本当に助かります」

「気にすんなって。どうしても気になるなら、出世して返してくれ」

「わかりました‼　今日のことは忘れません」

「ははは。いいってことよ」

騙《だま》されるということもなく、馬車に乗ってきた人の案内でギルドに辿り着いた。

ギルドは思っていた以上に大きくて、まるで巨大な神殿みたいだと思った。

「ほわぁ……」

中も広くて、俺が何十人もいないと一周できなさそうな巨大な柱が何本も等間隔で立っている。

そんな空間の中に人がごった返している。

俺と同じくらいの年代の人たちもいる。目的はたぶん同じだ。

「あ、あの‼」

「あら、どうしたのかしら？」

受付に並んで思いきって話しかけると、派手なお姉さんが気だるそうな表情で俺を見る。

「洗礼の儀と探索者《シーカー》登録をしたいんですけど‼」

「わかったわ。これに必要事項を記入してくれる？　文字は書けるかしら？」

「あ、はい。習ったので大丈夫です」

「それじゃあ、よろしくね」

お姉さんの指示に従って、洗礼の儀の手続きを進める。

「はい、問題ないみたいね。説明は必要かしら？」

「探索者《シーカー》の人に教えてもらったので大丈夫です‼」

「そう。それじゃあ、この水晶玉に触ってくれるかしら？」

「は、はい」

用紙を受け取ったお姉さんが確認した後、俺はついに水晶玉に触れることになった。

なぜ俺が緊張しているかと言えば、この水晶玉に触ることこそが、役割《ロール》を授かる儀式だからだ。

「うわっ」

「な、何よこれ‼」

恐る恐る右手を載せた瞬間、眩い光が水晶玉から放たれた。

あまりの眩しさに何も見えない。

「なんだ？」

「何が起こってるんだ？」

「洗礼の儀か？」

目は見えないが、周りが騒然としているのがわかる。

これは普通のことじゃないらしい。俺は少し自分の役割に期待を持った。

「見え……る？」

一分ほどすると、光が収まってきてようやく視界が戻ってきた。

「いったいなんだったの、全く……こんなに派手にやったんだから、さぞすごい役割《ロール》なんでしょうね？」

受付のお姉さんも目が見えるようになり、少し不機嫌そうに目の前にある水晶の中を覗いた。

「はぁ⁉」

お姉さんは水晶の中を見た途端、片眉をつり上げる。

どうしたんだろう。受付嬢さんの態度になんだか不安になってきた。

「あれだけのことをやっておいて、何よ、この『雑魚』って役割《ロール》は‼　全てのステータスが一⁉　最低は十じゃないの⁉　それにスキルも何もなしって役立たずもいいところじゃない‼　名前の通り、雑魚そのものね」

俺の予感は的中。

お姉さんはプリプリと怒りながら俺の役割《ロール》の情報を大声で喋った。

確か個人の役割《ロール》の情報は広めてはいけないはず。

それなのに俺の役割《ロール》の情報は今ここにいる人全てに知られてしまった。

「おいおい、聞いたか、ステータスが全部一だってよ」

「あり得ねー。俺でも全部十以上あったわ」

「俺も俺も。それにスキルが一個もないなんて聞いたことないよな」

「それな」

早速近くにいた者同士で俺をバカにし始める。

「あんた、探索者《シーカー》なんて無理よ。諦めなさい」

お姉さんは最初とは打って変わってゴミでも見るかのようにひどく冷たい視線で俺を見下ろした。

それでも諦めるわけにはいかない。俺にはリフィルとの約束がある。

「いえ、諦めません。登録お願いします」

「はぁ!?　こっちは親切で言ってあげてんの。雑魚は雑魚らしく、大人しく農家でもしてなさいよ」

俺が食い下がると、受付嬢が苛立った様子で嘲笑する。

「嫌です。登録してください」

ステータスやスキルの有無を理由に探索者《シーカー》の登録を拒むことはできないはず。

「おいおい、リーナちゃんを困らせるんじゃねぇよ」

諦めようとしない俺の肩を強面の探索者《シーカー》が掴む。

それだけでものすごい圧力を感じて俺の足は竦みそうになった。

これがパラメータの数値という絶対的な差。俺はこの人に絶対勝てない。

「探索者《シーカー》ギルドは登録は自由。俺の役割《ロール》が弱くても、パラメータが低くても、スキルがなくても登録してもらえるはずです」

「いい？　あんたみたいな役割《ロール》で探索者《シーカー》なんて務まるわけないでしょ。『雑魚』だなんて役割《ロール》、初めて見たわ。そんな名前の役割《ロール》と、こんなステータスを授かるなんて、神に見捨てられ、愛されていない証拠。そんなあんたに探索者《シーカー》になる資格なんてないのよ」

それでも俺は喰ってかかる。そんな俺に対し、受付嬢はあからさまな態度でこき下ろした。

「わかりました。それじゃあ、他の窓口で登録してもらうのでいいです。ありがとうございました」

「あんたたちもわかってるでしょうね。こんなやつ登録すんじゃないわよ？」

俺が他の受付嬢のところに行こうとしたら、彼女は先手を打って登録させないように牽制する。

「なんで、登録させてくれないんですか？」

俺にはこんなことをされる理由はない。ギルドも〝全て役割《ロール》は神の下に必要不可欠〟と謳《うた》っている。

「あんたみたいな生まれた価値のないクズの相手をしてる暇なんてないの。いい加減帰りなさいよ」

「嫌です!!　ぐわぁっ!!」

俺が受付嬢を睨みつけると、追い払うかのようなポーズでもう相手にしたくもないという態度だ。

それでもなお登録してもらおうとしたら、突然衝撃が襲い掛かってきて視界が回り、地面に叩きつけられた。

なんだ？　いったい何が起こったんだ？

俺は体を起こして事態を確かめる。

「うっ……くっ」

上体を起こすと、ひどく体が痛む。辺りを見ると、俺はギルドの床に倒れている状態だった。

「おい、お前いい加減にしろよ？」

ドスの効いた声を出したのは俺の肩を掴んだ強面の男。その男は拳を振り切った恰好《かっこう》をしている。

どうやら俺はこの男に殴られて吹っ飛ばされたようだ。

男はこめかみに血管を浮き上がらせて、肩をいからせながら俺の方に近づいてくる。

あまりの痛みに俺は体を動かすことができず、なんとか目を開けて待つことしかできない。

「ぐあっ」

「いいか？　お前は神様に捨てられたクソザコ野郎なんだよ。お前みたいなやつが探索者《シーカー》なんてできるわけないだろ？　ふざけるのも大概にしろよ!!」

その男は髪の毛を掴んで自分の顔の前に俺の顔を持ってきて叫んだ。

「いや……だ」

俺は絶対に諦めないと決めている。

こんな男に何を言われても気にしない。

「なんだと？」

「嫌だと……言っている」

「ふざけるんじゃねぇ!!」

「ぐはぁっ」

イライラしながら聞き返す男を必死に睨みつけて言い返す。

俺は再び殴られて、顔に強い痛みが走った。

凄まじい音が鳴り、何かが割れる感覚が俺の頬を貫いた。骨が折れてしまったかもしれない。

パラメータの力は、モンスターを倒せるだけあって凄まじい力を発揮する。

そんな強い力で殴られれば、骨が折れるくらいで済んだのは幸運だろう。

いや、もしかしたら殺すのは流石にマズいからと手加減したのかもしれない。

「ごほっごほっ……俺は……絶対に諦めない……」

俺はなんとか体を起こすと、せき込んだ。

床に血の塊がビチャリと広がった。それでも俺は男から視線を逸らさずに食い下がる。

「てめぇ!!」

俺の変わらない態度に苛立った男が再び俺を殴ろうと襲い掛かってきた。

「止めなさい!!」

そのとき、凛《りん》とした響きの声が頭上から降り注いだ。

ざわざわとしていた周囲が静まり返る。

コツコツコツッと靴音を鳴らしながら、視界の端にある階段を誰かが下りてくる。

殴られたダメージのせいか、相手がぼんやりとしか見えない。

「ギ、ギルドマスター!!」

しかし、受付嬢が怯《おび》えるようにその相手を呼んだことで、その人物が誰なのかを知った。

「なんの騒ぎかしら？」

「え、あっ、えっと、この子供が『雑魚』だなんて最弱の役割《ロール》を授かったのに、探索者《シーカー》になりたいとごねるのでお断りしていたのですが、見ていた探索者《シーカー》と口論になり、喧嘩に発展しまして……」

あくまで自分は悪くないといった体《てい》で話す受付嬢。

「はぁ……あなたそれ本気で言ってるの？」

「え？」

呆れるように言うギルドマスターの言葉が理解できないのか、受付嬢は間抜けな声を出した。

「私が見ていなかったとでも思っているの？　それに、受付嬢になったときの教育を覚えてないのかしら？　たとえどんな役割《ロール》であろうと神の恩寵《おんちょう》に違いない。たとえどんなに弱い役割《ロール》だとしても、それは神に見捨てられたものではなく、ただ、愛ゆえに試練を課したに過ぎないって」

「それは方便では……」

「いったい何を聞いていたの？　そんなわけないでしょ。過去に外れ役割《ロール》と呼ばれた人物がいたけど、その人は役割が進化《クラスチェンジ》した瞬間、最上級役割《ロール》になってあっという間に上位ランクの探索者《シーカー》となったわ。また別の人はスキルが一つしかなかったけど、進化《クラスチェンジ》した途端、スキルを何個も覚えていろんな人から頼られるようになった。無駄な役割《ロール》なんて一つもないのよ。あなた、受付嬢になったのに、そんなことも知らないのかしら？」

「それは……」

問い詰められて言葉に詰まる受付嬢。

「それに、探索者《シーカー》の役割《ロール》やそのステータスは秘匿《ひとく》すべき情報。それを公衆の面前で叫ぶなんてどういう了見かしら？　あなたは自分のステータスを人前で晒《さら》されたらどう思う？　今叫んでもいいかしら？」

「それは……嫌です」

「当然よね？　役割《ロール》やステータス、そしてスキルは探索者《シーカー》としてのみならず、人として生きる上で大事な生命線。そんな大事な情報を漏らす人物がギルドに必要かしら？」

「そ、それだけはどうか!!　申し訳ありません!!　魔が差したんです!!　毎日毎日気持ち悪い探索者《シーカー》の相手をさせられて!!」

ギルドマスターの言葉を聞いた瞬間、這《は》いつくばるように土下座をして許しを請う受付嬢。

ギルドマスターが何をするつもりなのか知らないけど、受付嬢の必死な声色から推測するに、相当な何かが下されるのだろう。

「あら、それは良かったじゃない。もう相手しなくて済むもの。探索者《シーカー》の情報漏洩《ろうえい》は勿論だけど、神の寵愛《ちょうあい》を疑うのはいただけないわ。あなたはクビよ、クビ」

ギルドマスターは、あざ笑うような笑みを浮かべて首の横で手を振って切るような仕草をした。

「それだけは、それだけはどうか許していただけないでしょうか!!」

「謝る相手が違うわ。それに自業自得でしょ。おあいにく様。『誓約執行』」

「うわぁあああっ」

懇願《こんがん》を無視してギルドマスターが何かを唱えた瞬間、受付嬢は頭を押さえて叫び声を上げげた。

そして、暫く頭をブンブンと振って手足をバタバタとさせた後、その場にパタリと倒れた。

急に受付嬢の気配が小さくなったように感じる。

「全く……ギルド内部にこんな人物がいたとは思わなかったわ。はぁ……私の怠慢ね」

ギルドマスターはため息をついて首を振ると、俺の方に歩いてきた。

「大丈夫？　ちょっと動かないでね。『リザレクション』」

「あっ……ああっ」

ギルドマスターが俺の傍《そば》にしゃがんで呪文を唱えると、体のあちこちにあった痛みが消えていく。ものの数十秒で俺の体の痛みは綺麗さっぱりなくなり、服をめくってみると、痣《あざ》になっていそうなお腹《なか》辺りにも跡は残っていなかった。

それと同時に、ギルドマスターの顔がハッキリと見えるようになる。

彼女は深紅の髪の毛を後ろで一本に結い上げ、こぼれ落ちそうなメリハリのある体を黒と赤のタイトな制服の中に詰め込んでいた。

獲物を狙うような目つきに背筋に寒気が走る。まるで男の精を吸い取る夢魔のようだ。

俺が治ったのを見届けたギルドマスターは、今度は俺を殴った探索者《シーカー》の許へ近づいていく。

「勿論、受付嬢に加担したあんたも同罪よ。殴ってどうするのかしら？　同業者は仲間よ？　あなたは役割《ロール》剥奪の上、街から追放だからよろしくね」

「そんな、俺はただ、あの子が困っていると思って!!　もう二度としませんので、どうか、どうかお許しください!!」

彼もギルドマスターの前に土下座する。二人が必死になる理由がわかった。

役割《ロール》の剥奪だ。役割《ロール》を失うと、ステータスも失われる。つまり、パラメータとスキルもなくなる。

それは今までできていたことができなくなるということ。生活レベルを下げるのは難しい。

それに、役割《ロール》を剥奪された者は神に背く背信者のレッテルを貼られることになる。

そうなれば、彼らを雇ってくれる人はほとんどいないと言っていい。

彼らが行き着く先はほとんど決まっているようなものだ。

「そんなことはどうでもいいわ。『誓約執行』」

「ぐわぁあああああっ」

再びギルドマスターが何かを唱えると、俺を殴った探索者《シーカー》の男が頭を押さえて蹲《うずくま》り、暫くしたら動かなくなった。

「どちらも死んではいないから安心してね？」

「は、はぁ……それで俺は探索者《シーカー》になれるんでしょうか」

ギルドマスターの言葉は全く安心できない。

「勿論よ。弱いから登録できないなんていうルールはないからね。ここにいるみんなも聞きなさい。ギルドは役割《ロール》、ステータスで探索者《シーカー》登録を拒んだり、差別したりしないわ。今後、こんなことがないように徹底させるから。あなたたちもあまり変なことはしないことね」

改めて周知するようにギルドマスターは語る。

そして、この出来事によって俺の今後は決定づけられた。

ステータスが弱くて役立たずだから、パーティに入れられない。入れたとしても、ギルドマスターから目をかけられているので、もし俺に何かあったとき、どんなとばっちりが自分たちに来るかわからない。

そんな扱いづらい人物がどうなるのかは明らかだった。

基本的に俺に関わる人物はいなくなり、まるで腫《は》れもののような扱い。

そして、俺は二十五年の間たった一人でゴブリンを倒し続けた。

◆
◆
◆

「あのギルドマスターも無茶をするな……」

話を興味深く聞いていたリフィルは困惑顔になる。

「よくもまぁ、そんな状態で二十五年も探索者《シーカー》を続けたものだな」

「まぁな」

「それでランクはいくつになった？」

「……」

しかし、触れられたくない話題を避けることは叶わなかった。

俺は何も言えずに思わず黙ってしまう。

「あっ。探索者《シーカー》カードを合わせたときに見たな。あれはEだったか……」

「ごめん言い出せなくて……」

「あ、いや、私も少し突っ込みすぎたな、許せ」

ギルドでのやり取りを思い出したリフィル。

バツが悪くなって俯く俺に、彼女は申し訳なさそうに頭を下げる。

「い、いや、リフィルは何も悪くない。むしろ俺の方がごめん。三十年かかっても未だにリフィルとした約束を果たせてない」

慌てて謝罪するリフィルの頭を上げさせて、俺は彼女とした約束のことを話す。

俺自身のことは覚えてはいても、三十年も前に子供と交わした約束だ。

忘れている可能性が高い。忘れられていたらそれはそれで構わない。

それでも必ずリフィルの隣まで行ってみせる。

「約束……………ああ!!　私と一緒にダンジョンに潜る、という話だな?」

うーんと首を傾げた後、ハッとした表情になって俺との約束を語るリフィル。

約束を覚えていてくれた。それだけで本当に嬉しい。

「ああ。Eランクになったばかりだけど、進化《クラスチェンジ》してこれからどんどんランクが上がるはずだ」

「ほう。それは期待できそうだな」

俺の言葉に笑みを深めるリフィル。

「少し前の俺だったら何をしてもだめだった。でも今なら絶対にリフィルに追いついてみせるぞ」

俺はまっすぐにリフィルを見た上で力強く宣言した。

「ふっ。いつの間にか男の顔をするようになったな。それなら私も楽しみ待っていよう。未だかつて私についてこられた人間は一人もいない。もしラストが私の横に並んだ暁には私の男にしてやるぞ?」

「～～!?」

俺のただならぬ雰囲気を感じ取ったリフィルは、とんでもないことを言い出す。

俺は顔が熱くなり、驚愕で言葉を失った。

「はっはっはっ。冗談だ」

俺の様子を見て笑うリフィル。どうやら昔みたいに揶揄われてしまったらしい。

「わかった。必ず追いついてリフィルの男にしてもらうからな」

「〜〜!?」

悔しいので、顔を赤くしながらも俺はニヤリと笑って仕返ししてやった。

今度はリフィルが黙って顔を赤らめることになった。

ははは。してやったり。

リフィルが狼狽えた顔は普段の凛とした表情とのギャップで信じられないほどに可愛らしかった。

そんな彼女の顔を見られて改めて惚《ほ》れ直す。

そして、その顔と共に俺は必ず約束を守ってみせると改めて自分に誓った。

◆
◆
◆

次の日から十日間、俺はアイアンタートルを狩り続けた。

ゴブリンなんて一日五匹狩っても銅貨五十枚にしかならない。

銀貨百枚で金貨一枚。つまり、千匹倒してようやく金貨一枚だ。

ホブゴブリンのような一つ上のランクでも三百三十四匹狩って金貨一枚ちょい。

それがアイアンタートルなら十匹くらい倒せば金貨十枚と銀貨十枚。

他にやる探索者《シーカー》もいないからライバルもいない。とても素晴らしい依頼だ。

そんな俺はいつしかアイアンタートルスレイヤーと呼ばれるようになっていた。

「レベルもかなり上がってるはずだし、どうなっているかな」

俺は暫く金を稼ぐのに夢中になって忘れていたステータス画面を開く。

レベル　56／99（＋3）
能力値
身体　：271（＋12）
精神　：274（＋12）
器用さ：271（＋12）
抵抗力：271（＋12）
運　　：271（＋12）
魔法
ウィンドカッター、ヒーリングライト

能力値とレベル以外に特に変化はないが、進化《クラスチェンジ》してたった半月程度でレベル五十六。それに全ステータス二百五十超え。これはとんでもない数字だ。

情報が少ないので定かなことは言えないが、最初に授かる役割《ロール》中でも最上級と呼ばれる役割《ロール》をレベル上限まで育ててもここまで行くかどうかわからないくらいには高い。

「そろそろ次に向けて装備を調えるか」

お金も貯まってきたし、これならそろそろ次のステップに進んでもいい気がした。


次の日、馴染みの鍛冶屋に向かった。

「おーい、おやっさんいるかぁ？」

鍛冶をしていると気づかないことが多いので、こうやって叫ぶのがいつもの光景になっている。

「小僧か。今日はどうした？」

店の奥から出てきたのは、ずんぐりむっくりの樽《たる》のような胴体と、俺の太ももくらいは太い腕を持つ、長いひげを伸ばしたドワーフの爺さんだ。

「ああ。装備を一式新調したくてな」

「ほう。予算は？」

「金貨百枚ってところかな」

「そうか。ついにそのくらい稼げるようになったか……」

予算を聞いたおやっさんが少し遠くを見ながら少し頬を緩ませる。

俺がようやく金を貯められたことが嬉しいらしい。

「まぁな」

「長かったが……まぁおめでとうと言っておくか」

肩を竦めつつ苦笑いを浮かべると、おやっさんは感慨深げに俺を見つめた。

「ありがとな」

「仕方ねぇな。ちっと予算は足りねぇが、他の誰でもねぇ。小僧がやっと一歩踏み出せたっていうんだ。魔鉄の装備をくれてやろう」

「え？　いいのかよ!?」

思いがけない提案に俺は思わず聞き返してしまった。

魔鉄装備とは探索者《シーカー》がその装備を揃えたら一人前と言われる。全て揃えたら結構な金額になる。鉄とは比べ物にならないくらい硬く、探索者《シーカー》の力にも耐えうるだけの強度を持つ。

当然金貨百枚では足りない。全部揃えたら、百五十枚くらいは必要だったように思う。

少し足りないなんてもんじゃない。

「ああ。その代わりと言ってはなんだが、素材を獲ってきてもらうかもしれんがな」

「そのくらいいくらでもやるぞ」

ニッと気持ちのいい笑みを浮かべるおやっさんに、俺も力こぶを作って応える。

「そうじゃ。お主の武器を見せてみろ」

「ん？　わかった」

俺はおやっさんの指示に従って剣を渡した。

「な、なんじゃこれ、持ち手がぐにゃぐにゃじゃねぇか!!」

「いや、進化《クラスチェンジ》した後、すぐに力の加減ができなくてな……」

剣を見るなりおやっさんが目を見開いて俺に詰め寄る。

俺は苦笑いを浮かべながら言い訳をした。

鋼鉄の剣なんだが、ちょっと強く力を入れただけで持ち手が歪んでしまう。

そのせいで本気を出せずに苦労した。

「はぁ……装備ができるまで予備を貸してやるから、それを少し振ってみせろ。あと、武具ができるまで無理してダンジョンの奥に行こうとするなよ」

「わかってるって。いつも助かるよ」

武具の詳細を詰めた後、俺は鍛冶屋を後にした。

装備を頼んだ俺は依頼がないかギルドに確認しに来た。

今日はなんだかギルド内が浮ついているような気がする。

「うーん、お、今日もアイアンタートルの依頼があるな。少しでも稼いでおこう」

武具を買って寂しくなった懐を温めるため、今日もアイアンタートルの依頼を受ける。

「おいおい聞いたか。沢エリアにガマグッチが現れたらしいぜ？」

「マジか。あのレアモンスターがか？」

「ああ。Eランク探索者《シーカー》やDランク探索者《シーカー》のパーティが見かけたと言っている」

「おお、俺たちも狙ってみるか？」

「止めとけ止めとけ。そう言って見つけたやつはいねぇ」

「そんなにか」

「ああ。あれは割に合わねぇよ。それならいつも通り狩りをしていた方がいい」

「はぁ〜、流石にそう上手くはいかないか」

「あったり前だろ」

何を浮足立っているのかと思えば、沢エリアにガマグッチが姿を現したらしい。

ガマグッチとは沢エリアでたまに見かけるカエルのようなモンスター。

倒すと必ず金貨を落とすことで有名だ。

ただ、なかなか見つからず、すごく素早い上に、倒した際の金貨の枚数はランダム。

必死に探して倒した挙句、結果的に金貨一枚しか手に入らなかった、ということもあり得る。

だから、一攫千金《いっかくせんきん》を夢見る探索者《シーカー》以外はあまり手を出そうとはしなかった。

逆に言えば、一攫千金を夢見る探索者《シーカー》はこぞって探そうとする。

一匹倒すだけで金貨数百枚が手に入ることもあるので、その気持ちもわからなくはない。

「あ、ラストさん、こんにちは」

「ああ。こんにちは。今日もこの依頼を頼む」

「もうすっかりこの依頼の専属探索者《シーカー》ですね」

そんな彼らを尻目に、いつものようにステラに依頼書を渡すと、彼女は嬉しそうに笑う。

「いや、そろそろ先に行くつもりだからもうすぐ卒業だな」

「え、そうなんですね……依頼者も大変喜んでいたんですが……残念です」

しかし、もう何回かで最後だと伝えると、彼女は表情を曇らせた。

そんな顔をされると、まだ受けてあげたいという思いが芽生えてくるが、俺が目指すのはリフィルの隣に立つことだ。ここで立ち止まっているわけにもいかない。

「いい仕事だから続けたかったんだが、新しい装備も揃いそうだし、そろそろ奥を目指したいんだ」

「そうですね。ラストさんなら問題ないと思うので仕方ないです。依頼者に伝えておきます」

「そうだな……もしアイテムバッグがあれば、探索の帰りについでに狩ってくることくらいはできるかもな。今は高すぎて手が出ないけど」

アイテムバッグとは、見た目はただのバッグだが、その見た目以上の荷物を入れられるバッグのことだ。

それがあれば、大きな甲羅も中に入れて持って帰ってこれるので、手に入るのなら帰りについでに狩ってくるくらいはわけない。

「あぁ～、そうですね。アイテムバッグは小さくても金貨千枚はしますから。大きな物になると五千枚はしますし。奥に行くには必携のアイテムですが、なかなか手に入れるのが難しいですよね」

「そうだな。奥に行けば行くほど野営や武具の補修などで必要な荷物が多くなる。荷物運びを雇っても深く潜れば結局戦闘能力が必要になるから、ただの荷物運びはある程度までしか連れていけない。戦闘能力のある荷物運びは少ないし、どうしてもアイテムバッグが必要になってくるんだよな」

「ですねぇ」

お互いにアイテムバッグの入手難度とその必要性について語り合う。

しかし、こうしてばかりもいられない。

「もしアイテムバッグが手に入ることがあったら、また依頼を受けるとでも言っといてくれ」

「わかりました」

今言えるのはこのくらいだ。

俺は話を切り上げてダンジョンへと向かった。

進化《クラスチェンジ》して半月程度。

「かなり今の体にも慣れてきたな」

それでも高い能力値を完全に持て余し気味だが。

村でいろいろ教わってきたけど、どこかで武術を一から教えてもらうのもいいかもしれないな。

「おっ。今日も簡単に見つかったな」

慣れればアイアンタートルは見つけやすい。

今回見つけた個体はゆっくりとどこかに移動していた。

「そんじゃあ、今日も俺の報酬になってもらうぞ。ウィンドカッター」

アイアンタートルに対して魔法を放ち、あっさりと倒してしまった。

そして一匹目で簡単にアイアンタートルの甲羅がドロップする。

「絶対アイテムドロップ率上がってるよな。最初の頃はこんなに簡単に落とさなかったし」

俺が初めてアイアンタートルの甲羅を手に入れた日は、十匹くらいは倒していたはずだ。

それが最近になったら一匹〜五匹の間にはドロップしている。

「やっぱり運かなぁ〜」

俺は腕を組んで体を傾ける。

思い当たるのは運のパラメータ。運は本来他の能力値に比べてあまり上がらない数値だ。

レベルアップ数回〜数十回に対して一上がるとかが普通のはずだ。

しかし、俺はレベルアップ時のステータス成長値が最大値に固定されている。

毎回他の能力値と同じ分だけ上昇していた。

「運のパラメータなんて眉唾、みたいに言われてるけど、結果を見るとバカにできないよな……」

効果がハッキリとわからないので、それほど影響はないと言われてきた。

ただ、運のパラメータはほとんど似たり寄ったり。

高い人もせいぜい他の人よりも十～二十高いくらい。

その程度だと、運の影響を計測できなかったんだろうな。

でも、ある程度数値が上昇すると、自覚できるくらい良いことが起こるのがわかった。

これは新しい発見だと思う。折を見てステラに報告しておこう。

「依頼も完遂したし、今日もサワークラブでも狩って帰るか」

以前持って帰って調理してもらったところ、かなり美味かった。

毎日は流石に飽きてしまうが、数日に一度は食べてもいいくらいだ。

『もっと持って帰ってきておくれよ』

女将さんもそんな風に言うくらいだしな。

「じゅる……よし、行こう」

俺はアイアンタートルの甲羅を軽く放り投げて手の上に載せて歩き出した。

「グッチチチチッ」

そのとき、カエルなのか、バッグなのか判断が難しいモンスターが姿を現す。

「ガマグッチ……」

それはどう見ても今日話題になっていたレアモンスター、ガマグッチであった。

それだけで運のパラメータは確実に影響があると断言できた。

「グッチッ」

ガマグッチはすぐに逃げようと踵《きびす》を返して高速で飛び跳ねていく。しかし、俺には見えていた。

「ほっ」

俺はアイアンタートルの甲羅をぶん投げてガマグッチの逃走方向を塞ぐ。

――ズンッ。

勢いよく飛んでいった甲羅はガマグッチの目の前に落ちた。

「グッチ!?」

突然目の前に落ちた巨大な甲羅に驚き動きを止める。

「はっ」

「グッチィイイイイイッ!?」

俺はその隙をついてガマグッチに近づき、剣で斬り裂いた。

ガマグッチは真っ二つになり、そのまま燐光となって姿を消した。

直後、空中の何もないところから地面に金貨が降り注ぐ。

「い、いやいや、出すぎだろ……」

滝のように溢れ出てくる金貨。俺はその様子を呆然と見ていた。

正直数えるのも嫌なくらいの量だったので特に数えることはしていない。

リュックにある程度は入れることはできそうだが、全部は無理そうだ。

うーん、どうしたものか。

「あっ」

この金貨をどうやって持って帰るかを考えていたらふと思いつく。

アイアンタートルの甲羅の中に入れていけばいい、と。

俺は甲羅を傾けて中に金貨をかき入れた。

甲羅を持ち上げてみたが、少し重いくらいで問題なさそうだ。

甲羅を手に入れ、ガマグッチを倒して沢山の金貨を得た。成果としては十分すぎる。

もう帰ろう。

「グッチグッチッ」

「グッチッチィッ」

「グチグッチィ」

しかし、俺の幸運はとどまることを知らない。

再びガマグッチが俺の前に姿を現す。それも複数。

俺は彼らが気づく前にその内の一匹に近づき、無言で刃を振り下ろす。

その瞬間そのガマグッチは消え、何もないところから金貨を吐き出した。

他の二匹が俺に気づき、逃げようとするが、すぐに追いついてその背中を斬り捨てる。

そして最後の一匹に俺は思いきり剣を投げつけた。

「グッペッ」

その剣は見事にガマグッチに直撃し、また金貨が滝のように溢れ出した。

「ヤバいよなこれ……」

俺は地面に突き刺さった剣を引き抜いて鞘に収めると、金貨が広がる光景を見て固まった。

「今度こそ帰るぞ!!」

一時間近くかけて、金貨をやっと仕舞い終えたので再び甲羅を持ち上げる。

しかし、これで終わる俺の幸運ではなかった。

「グッチグッチッ」

「グッチッチィッ」

「グチグッチィ」

再び複数のガマグッチが現れた。一瞬で倒して再び甲羅に金貨を入れる作業を行った。

最終的に合計で二十匹のガマグッチを討伐することに成功したのであった。


ようやくギルドに帰り着いて中に入れる。

「おい、今日もアイアンタートルの甲羅を手に入れてきたみたいだぜ？」

「流石アイアンタートルスレイヤーだな」

俺の顔を窺《うかが》いながらコソコソと周りの人間たちが話し始める。

しかし、そんなやつらに構っている暇はない。俺はステラのところに急いだ。

「こんにち――」

「ステラ、悪い。このアイアンタートルの甲羅の入る個室を借りられないか？」

「えっと……何かご事情がありそうですね。少々お待ちください」

「助かる」

すぐに事情を察してくれたステラ。

彼女は何やら機械を操作した後、受付からこちら側に出てきて個室に案内してくれた。

――バタンッ。

「それで、どうされたんですか？」

きちんと扉が閉まっているのを確認した後、立ったままステラが話し始める。

「これを見てくれ……」

「これは⁉」

アイアンタートルを下ろし、ステラの方に傾けて中身を見せた。

「まさか……ガマグッチですか？」

「ああ。そのまさかだ」

ステラはぼーっとしながら俺の方に首を向けて問いかける。

中身を見るなりピーンと来たらしい。

「でも、こんなに金貨が出た報告は聞いたことありませんよ？」

「ん？　ああ、だって一匹分じゃないからな、これ」

「え？　ということは……」

ステラはあり得ないという表情をする。

「ああ。俺はガマグッチを二十四狩ってきたんだ」

「えぇえええええええ⁉　二、二十四ですか⁉」

俺の答えに驚愕して目が飛び出しそうになるステラ。

ガマグッチは一匹だってなかなか遭遇できないモンスター。

二十四と遭遇するなんて、どれだけ天文学的な確率になるかわかったものじゃない。

それにもかかわらず遭遇したとなれば、彼女のような反応になるのは当然だ。

ステラの立場だったら、誰でもそう思うのは間違いないだろう。

「ああ。たまたま遭遇することになってな」

「どうやったらそんなに遭遇するんですか⁉」

「そこは俺の運が良かったとしか言いようがないな」

「そんなことがあり得るんですか？」

彼女も能力値の運に関する内容は知っているはずだから当然の疑問だ。

「おそらく俺の運の数値は他の人よりも相当高いからな、その可能性が高い。実際アイテムドロップも増えたしな」

「なるほど。眉唾だと思っていましたが、まさか本当だったとは……」

「それは俺も同感だ」

俺のステータスをある程度知っているステラは、それだけで理解した。

俺は彼女の反応に肩を竦めた。

「それで、用件というのはこの金貨を口座に入れて欲しいということですか？」

ようやく本題へと辿り着く。

「そういうことになるな」

「わかりました。ギルド所有のアイテムバッグを持ってくるので少々お待ちいただけますか？」

「頼む」

事情を理解したステラは、甲羅の中の金貨を持ってきたアイテムバッグの中に収納してくれた。

「それじゃあ、甲羅はいつものように納品場所に置いてきてください。それまでにこちらの金貨の入金処理をしておきますので」

「了解」

指示に従い、納品完了書を受け取って受付に戻ってきた。

ステラの持ち場には受付中の札が立っており、誰も並んでいない。

「あ、おかえりなさい。処理は終わりましたよ」

「あれだけあったのに早いな」

「神具があればすごい数の金貨があっても計算がすぐ終わりますからね」

「そりゃすごい」

どうやら特別な道具があってそれを使用するとすぐに終わるようだ。

すごく便利な道具もあるものだ。

「それでは、依頼の完了手続きと金貨の口座への預け入れが終わりましたので報告をしますね」

「わかった。これが納品完了書だ」

「お預かりします」

俺は受け取ってきた書類を渡してステラが作業を終えるのを待つ。

「今回の報酬も口座に入れますか？」

「そうだな。それで頼む」

「わかりました。それでは今回の報酬も含めた預入額ですが、金貨一万二千四百三十六枚と銀貨一枚になります」

「……」

俺はあまりの金額の多さに思考が停止した。

一気にアイテムバッグも魔導書も余裕で買えるだけの金額を手に入れてしまった。

そりゃ放心もするわ。

「だ、大丈夫ですか？」

俺が固まったのを見て心配そうに問いかけてくるステラ。

「大丈夫に見えるか？」

「いえ、私も金額の大きさに驚いたので気持ちはわかります」

声を震わせて聞き返せば、彼女は俺の気持ちに賛同しつつフルフルと首を振る。

「だよな」

「はい。これほどの大金、高ランクの探索者《シーカー》だってそんなに稼げませんから」

「本当に運が良かったな」

「ですね。ただ、これが普通だとは思わないように気を付けてくださいね」

苦笑いする俺に彼女は真剣な表情で忠告してくれた。

そうだな。こんなのが普通だと思ったら今後クエストの報酬を見て辛くなる。

ガマグッチ狩りにのめり込んでしまいそうだ。でも、それは良くない。

「ああ。肝に銘じておくよ」

ステラの気持ちを受け取って俺はしっかりと頷いた。

「おや、おかえり」

「ああ、これおみやげ」

「あ、え、ありがとよ……」

ぼんやりとしたまま宿に帰り着いた俺は、ミラさんとの会話もそこそこにすぐ眠ってしまった。

◆　◆　◆

翌日。

「おはよう」

「もう大丈夫そうだね」

俺は目を覚まして二階の客室から一階に下り、働き始めているミラさんに挨拶をする。

なぜか顔色をジッと確認された後で解放された。

「どうかしたのか？」

「帰ってきたときぼーっとしてたからさ。何かあったんじゃないかと心配してたんだよ」

そういえば、昨日ギルドから帰ってくるところからの記憶が曖昧だ。

大金を手に入れたせいで、頭が働かなかったんだな。

「あ、ああ……それは悪かったな」

「いや、元気になったのならいいんだけどね。無理だけはするんじゃないよ」

俺が謝罪すると、ミラさんは俺の背中をポンと叩く。

「わかってるよ。昨日はものすごく幸運なことがあってな。現実味がなくてぼーっとしてしまったんだ」

　ミラさんは結構心配性だからな。

　少し大げさに振る舞う。

「それなら良かった。朝ご飯食べるだろ？」

　俺の態度を見て安堵した表情を見せたミラさんが朝食を勧めてきた。

「ああ、いただくよ」

　昨日は夕食も食べていなかったので、朝からお代わりをしてガッツリ食べた。


「あ、ラストさん、丁度いいところに」

　ギルドの中に入るなり、ステラが俺を見つけてパタパタと走り寄ってきた。

「ん？　どうかしたのか？」

「アイテムバッグがあればアイアンタートルの依頼を受けるって話をしたじゃないですか？」

「ん、ああ、そういえばそんなことを言ったな」

　ひそひそ声で話すステラに合わせて、俺も声量を落として返事をした。

「その依頼者からオークションの招待状が届きまして……こっちに来てもらえますか？」

「あ、ああ」

　ステラは途中まで話したところで、辺りを見回してから、俺を隅っこまで連れていく。

　いったいなんなんだ？

「ここだけの話、そのオークションでかなり高機能なアイテムバッグが出品されるそうなんですよ」

「マジか!?」

小声で信じられない情報を教えてくれるステラ。

俺は驚きで小さな声で叫んでしまい、辺りを見回して問題ないのを確認して話に戻る。

普通そんな情報は手に入らない。つまり、甲羅の依頼者はオークションの主催者側、もしくは主催者と繋がっているかなり地位の高い人ってことだ。

まさかあの依頼にそんな偉い人が絡んでいるとは思わなかった。

「はい。それで昨日その方がギルドを訪れた際に、アイアンタートルの依頼の話をお伝えしたら、オークションの招待状を渡されたのですが、いかがしますか？」

なるほど。そういうことだったのか。そういうことなら是非もなし。

「勿論参加させてもらうよ」

「ですよね。先方には参加すると言っておきました」

「ははは。話が早いな」

「ラストさんならそうすると思っていたので」

俺の答えがわかっていたらしく、既に回り込んで話を済ませてくれたようだ。

流石ベテラン受付嬢。ありがたい気遣いだ。

「ありがとう。せっかく手に入れた大金だけど、あぶく銭みたいなもんだ。使った方がいい」

「そうですね。それがダンジョン探索に役立つ物に変わるのなら、それが一番いいと思います」

今持っているお金は降って湧いた金で、あまり自分で稼いだという実感のない金だ。

アイテムバッグが買えるのならそれに使ってしまいたい。

「それでそのオークションはいつあるんだ？」

「今夜です」

「おお!?　すぐじゃないか。俺はどうすればいいんだ？　招待状を持って会場に行けばいいのか？」

開催はまさかの今日。なんの準備もしていないけど大丈夫なのだろうか。

「今日もいつもと同じ時間に帰ってくるのであれば、それから一緒に行きましょう」

「え？　一緒に行ってくれるのか？」

「はい、ラストさんはオークションは初めてでしょうから」

「そうか、助かるよ。ありがとう」

にっこりと笑う彼女に対して、俺は安堵して感謝の言葉を述べた。

正直一人で行くのはかなり不安だったので彼女の申し出は本当に嬉しい。

「い、いえ、受付嬢として当然の仕事ですから」

彼女は感謝には慣れているはずなのに、少し照れていた。

そんな彼女が少し可愛いと思ってしまった。


昨日と同様に依頼を済ませ、気が逸って少し早めに帰ってきてしまった。

「それじゃあ、早退してきますので少々お待ちください」

「わかった」

手続きを完了させた後、ステラは準備を済ませ、荷物を持って俺の許にやってきた。

「お待たせしました」

「ああ、今日は本当にありがとうな」

わざわざ早退してまで俺をオークションに連れていってくれるステラには感謝しかない。

「き、気にしないでいいですよ。行きましょう」

「わかった」

彼女に礼を告げると、彼女はアワアワと手を振った後、先導するように先に進んでしまった。

「あっ。すみません、早足になってしまって……」

暫く歩いた後でステラがふと立ち止まったかと思えば、振り返って俺に頭を下げる。

「いやいや大丈夫だから。それよりもこれからどうするか教えてくれ」

「そ、そうですね。まずこのオークションは多数の身分の高い方が出席されるイベントになるので正装をしていただく必要があります。なので、会場に行く前に貸し衣装のお店に行って服を借りようと思います。その後で会場に向かいます」

「なるほどな」

オークションにはドレスコードがあるのか。俺一人だったらそんなことも知らずに招待状だけ持っていって、入り口で門前払いを喰らって途方に暮れていたかもしれないな。

本当にステラには助けられてばかりだ。

「正装はお持ちではないですよね？」

「当然な」

一応といった感じで尋ねてきたステラに肩を竦めて返事をした。

「それでは行きましょう」

「わかった」

店に着いた俺たちは各々《おのおの》衣装を選んで着替えるために別れる。

「それではまた後ほど」

「ああ」

今回はステラが一緒に行ってくれるので、彼女の分も用意する必要があるからだ。

「決済するときは彼女の分も俺のカードから引き落としてくれ」

「畏まりました」

店員に手回しをしておく。

付き合ってもらうのに彼女に払わせるのは悪いからな。

「お客様はどのような衣装にされますか？」

「あまりゴテゴテした物は好きじゃない。スッキリとして落ち着いた雰囲気の衣装にしてくれ」

「承知しました」

要望を聞いた店員がいくつかの衣装を持ってきてくれたので、俺は試着室で合わせた。

一番しっくりときた服に着替え、待合室のソファーに座ってステラが戻ってくるのを待った。

「お、お待たせしました……」

待合室にやってきたのはどこかの姫でも通りそうな可憐な女性。

彼女は金髪のロングヘアーを後ろで結ってまとめ、エルフの尖った耳を大きく露出させている。

深い青のオフショルダーのドレスを身に纏《まと》い、露《あらわ》になっている胸元が目に毒だった。

「ステラ……なのか？」

「え、ええ。どこか変ですか？」

本当にステラなのか心配になって尋ねる。

ステラは困惑しながら、自分のあちこちを見やって俺に問い返した。

「いや、変だなんてとんでもない。とても似合っている。綺麗だ」

「そ、そうですか。それは良かった」

俺の素直な感想を述べると、彼女は照れてモジモジしながら返事をした。

普段のきっちりとしたギルドの制服姿とは違い、艶《つや》やかで大人っぽい女性に変貌している。

「それじゃあ、これで頼む」

「承知しました」

これでドレスコードは問題なさそうなので俺はカードで支払いを済ませる。

「あ、私のも」

「ここは俺が出すから気にしないでくれ」

彼女もカードを出そうとするが、俺が手でそれを押しとどめる。

「い、いえ、そんな悪いですよ」

「俺の私用に付き合ってくれるんだ。これくらいさせてくれ」

「わ、わかりました。今回だけですからね」

「ああ、わかったよ」

彼女は困惑していたが、今日の礼だと言えば納得してくれた。

「あ、あの……ラストさん、ちょっとお願いがあるのですが、いいでしょうか」

衣装屋から出たステラがおずおずと願い出る。

「どうした？」

「えっと腕を組んでもいいですか？　一応同伴らしくしないといけないので」

モジモジしながら言う彼女は可愛らしくてこちらも変に意識してしまう。

しかし、彼女言っていることも一理ある。

「わかった。頼む」

「は、はい」

彼女も恐る恐る俺の左腕にそっと手を回す。

二の腕に感じる柔らかさが心音を速くした。

これは思っている以上に心臓に良くないな……。

「い、行きましょうか!!」

「あ、ああ、そうだな!!」

お互いにドギマギしながら歩き出した。


「招待状はお持ちですか？」

「はい」

周りを頑丈そうな塀で囲まれた宮殿のような建物に辿り着く。

貴族の屋敷のようだが、ここが今日のオークション会場らしい。

入り口に立っている執事のような人物に招待状を手渡す。

「こ、これは⁉　失礼しました。こちらを胸元にお着けください」

「わかりました」

何やら招待状の中身を確認した途端、目の色が変わった執事。

襟元を正して俺たちにバッジのような物を二つ手渡してきた。

やっぱりアイアンタートルの甲羅の依頼者はすごい人なのではないだろうか。

バッジをステラにも一つ渡しつつ、自分の胸元に取り付ける。

「中にいる者にこちらの招待状をお見せください。席までご案内いたします」

「わかりました」

俺は先ほどから了承するだけの人形になっている。

「開門‼」

執事の声で門が開き、俺たちは中に通された。

屋敷の中はまるで高級宿のように煌《きら》びやかで広々としている。中で女性が待ち構えていた。

うわぁ、メイドだ……。

エプロンドレスを着ていて、気品のある雰囲気を纏っている。

上流階級との関わりなんてないので初めて見た。

「こちらへどうぞ」

洗練された所作で挨拶する彼女に、広い劇場のような一室に案内された。

席が一つひとつゆったり目に作られていて、肘置きがかなり広くなっている。

「始まるまで暫くお待ちください。お飲み物や軽食はご入用ですか？」

「そうですね、アルコールではない物と軽くつまめる物を」

「畏まりました」

会場をキョロキョロと見回している間に、ステラがメイドの申し出に返事をしてくれた。

肘置きが広いのは、ここに飲食物を置いて楽しむためらしい。

「ラストさん、あまりキョロキョロすると舐《な》められますよ」

「あ、すまん。こういう場所と縁遠かったから珍しくてついな」

「いえ、落ち着いてもらえれば大丈夫です」

俺たちは各々席に腰を下ろす。

ゆったりとした座り心地のいい椅子に背を預け、舞台をぼんやりと見つめる。

これから始まるオークションに心音が高鳴っているのを感じる。

「オークションなんて初めてだから楽しみだな」

「ふふふっ。そうですね、なかなか参加できませんから。ラストさんは運がいいと思いますよ」

「ああ、本当にな」

俺の様子を見て口元に手を当ててクスリと笑うステラ。

そんな無邪気な彼女の笑顔は妖精のように可憐だ。いやいや、何を考えているんだ。

俺は邪《よこしま》な考えを振り払った。

「こないださぁ」

「それは大変でしたね」

軽食を取りながらステラと雑談をして三十分ほど経った頃、

「お集まりの皆様、これよりオークションを開催させていただきます」

舞台上に燕尾服《えんびふく》を着た初老の紳士が上がり、オークションの開催を宣言した。

さて、どんなアイテムが出されるんだろうか。

俺は商品が提示されるのを今か今かと待ちわびた。

「最初の商品は、芸術家レオナルが描いたモーナリンザ。こちらは金貨五千枚からとなります」

初めに登場したのは有名な芸術家の絵画。絵のことなんてわからない俺だが、圧倒されるような力強さがあり、感情にダイレクトに訴えかけてくる何かを感じた。

「それにしても最初が金貨五千枚か。すごいな」

開始早々超高額な絵から始まったことに驚き、俺の口から思わず言葉が漏れる。

「一番最初も目玉商品の一つですからね。もうないとされていたレオナルの新しい絵画が見つかったということで、目利きの貴族たちが今日はこぞって参加しているという噂です」

「それならアイテムバッグの購入には有利そうだな」

俺はステラの解説を聞いて嬉しくなった。

他の参加者が別商品にお金を使ってくれれば、アイテムバッグを購入できる可能性が上がる。

「そうですね。今日は目玉商品が沢山あるみたいなのでライバルは少ないかもしれません」

「それは良かった」

ますますアイテムバッグをゲットできる可能性が高くなった。

これも俺の運のおかげだろうか。

「それでは始めます。入札は金貨五千枚から……五千六百……六千五百……一万」

入札が始まり、参加者がこぞって入札して、金額がどんどんつり上がっていく。

「十万……他にありませんか？」

――ダンダンッ

「十三番の方、落札です」

最終的に金貨十万枚まで上がった後、木づちが打ち鳴らされて落札となった。

――パチパチパチパチ……。

『わぁあああああああっ』

みんなで力を合わせて何かを成し遂げたような達成感に満たされる。

参加者たちからの拍手と歓声が上がり、俺も自然と拍手していた。

それからも名のある芸術家の作品や、煌びやかな衣装やダンジョン産の武具、装飾品などが出品されては落札されていく。ステラの言う通り、どのアイテムも目玉だったらしく、軒並み高額な金額で落札されていった。

入札に参加しなかった俺も、一緒にドキドキしたり、ソワソワしたり、オークションの熱気と興奮を味わうことができた。

「次はマジックテントです。こちらは金貨千枚から……」

「おっ」

次に提示されたアイテムは俺の目を引く。なぜなら、ダンジョンで必須のアイテムだからだ。

十階層まではそこまで広くないので一日で往復できる。

しかし、それ以降の階になると、徐々に階層が広くなり、移動に時間がかかるようになる。

その際、野営する必要がある。普通のテントでも野営はできるが、寝心地などは推して知るべし。

一方、マジックテントは見た目より広い空間があり、底面も柔らかい素材で作られている。

その上、室温を快適に保つ機能やモンスターの接近を教えてくれる機能など、便利な機能が付いていることがあり、良い機能が付いているほど快適な野営ができる。

きちんとした休息は、ダンジョン探索のパフォーマンスに影響を及ぼす。

高ランク冒険者なら持っていて当たり前のアイテムの一つだ。

安い物で金貨五百枚。様々な機能が付いた物は、金貨千枚を超える。

「ラストさん、マジックテントが欲しいんですか？」

「いや、その……まぁな」

ジッと見つめていたら、ステラにはバレてしまったらしい。

俺はバツが悪くなって頭を掻く。

「ちょっとお金に余裕もありますし、参加してみたらいかがでしょうか？」

「お、いいのか？」

しかし、ステラは咎《とが》めることなく、逆に俺に参加を勧めてきた。

意外だったのでつい問い返してしまった。俺としては嬉しい限りなのだが。

「本番前の練習に丁度いいですし、テントはダンジョン探索で役立つのでいいと思いますよ」

「わかった。参加してみよう」

何事もチャレンジだ。

「二千二百……二千三百……」

既に入札は始まっていたので、俺も慌ててステラに道すがら教わった通りに入札してみる。

「三千……他におりませんか？」

俺が三千を提示したら価格の上昇が止まり、場が静かになる。

まだ上がるか、上がらないのか……。

俺は追加の入札が入るのか入らないのかドキドキしてそのときを待つ。

――ダンダンッ！

良かった、落札できた……。

木づちの音が鳴った瞬間、心の底から安堵した。

「いないようですので、五十六番様、落札です」

――パチパチパチパチ……

『わぁあああああああっ』

再び拍手と喝采が巻き起こる。初めての落札。俺は拍手の中その達成感に浸る。

オークションにハマる人たちの気持ちがわかるな。

商品そのものよりも、この独特な空気を感じるために来ているのかもしれない。

「おめでとうございます。三千枚なら良い買い物だったと思いますよ」

「ありがとう」

二十畳ほどの部屋とクローゼット。風呂、トイレ、台所が付いていていて家具も完備。室温の調整機能。敵意を感知して警告してくれる機能。敵意ある相手の侵入を防ぐ結界機能。

かなり高性能なテント。これだけの性能なら三千枚でも安い。

「後はアイテムバッグですね」

「その通りだな」

その後も魅力的な商品が続いたが、これ以上は支障が出るかもしれないので必死に物欲を抑えて耐え続けた。それは楽しくも苦しい時間だった。

「次の商品はアイテムバッグです!! しかもこのバッグ。非常に高性能となっております。バッグ内では時間が止まり、中にアイテムを入れても重くなりません。容量は計りきれておりません」

しかし、その辛い時間もようやく終わる。ついにアイテムバッグに競売の時間がやってきた。

「やっと来たか……」

「ふふふっ。よく我慢できましたね」

隣でずっと俺を見ていたステラは、俺が堪えていたのも把握済み。

彼女にしてみれば、物欲しそうにしつつも必死に我慢している姿は、さぞ面白かっただろう。

今更ながら少し恥ずかしい。

俺はそんな気持ちをおくびにも出さずに話す。

「今回の目的がこれだからな。手に入れる前に金がなくなったら本末転倒だ」

「ですね。しっかり手に入れて帰りましょう」

「そうだな」

我慢できたのは何よりもアイテムバッグ以上に欲しい物がなかったのが大きい。もしアイテムバッグ以上に欲しい何かが出されていたら、間違いなく買ってしまっていただろう。

「それでは早速入札を開始します。金貨二千枚からスタートです。それでは始めてください!!」

「三千」

「四千」

「五千」

アイテムバッグは人気商品とあってあっという間に値段がつり上がっていく。

「うわぁ……これ大丈夫か？」

「大丈夫ですよきっと。ラストさんは運がいいですからね」

不安になって冷や汗をかく俺に、ステラが微笑みかける。

そうだ。俺は運がいい。実際昨日も今日もそうだった。やれるだけやってみよう。

「そうか、それじゃあ俺も参戦するか」

「はい。いってみましょう!!」

ステラに勇気を貰ったので俺も入札を始める。

「九千」

「九千入りました。他にいませんか？」

俺が静かに入札すると、一瞬他の人の入札が止まる。

「一万!!」

「一万一千!!」

「一万二千!!」

しかし、それもほんの束の間で金額はまだまだ上がり続ける。

「一万五千!!」

俺は他者を引き離すために手を挙げる。

「一万六千!!」

それでもまだ止まらない。ただ、入札してくる人物は減ってきていた。

今も残っているのは三人。

「一万七千!!」

「一万八千!!」

ここでさらに一人脱落。俺ともう一人の一騎打ち。

「一万九千!!」

「二万!!」

「……」

そこで初めて大きな沈黙が訪れた。

いけるか？

初めての沈黙に俺も期待してしまう。

「二万枚入りました!!　他にいませんか!!」

舞台上の老人が他の参加者を見回すように確認を取る。

「二万一千……」

ライバルがさらに引き上げる。

負けるか!!

「二万二千!!」

俺はさらに上乗せした。

「……」

相手は沈黙。今度こそ……!!

「二万二千。他にいませんか!!　いませんね!?」

──ダンダンッ!

「おめでとうございます。五十六番様落札です!!」

十秒ほど待ったが、誰も手を挙げなかったので落札はそこでフィニッシュ。

木づちの音と共にアイテムバッグはついに俺のものとなった。

よっしゃー!!

「……落札された方は、お帰りの際にお支払いと商品のお受け取りをお願いいたします。これにて本日のオークションを終了とさせていただきます。ご来場の皆様、本日はご参加いただきまして誠にありがとうございました。お気を付けてお帰りくださいませ」

司会の老紳士が閉会の挨拶をして空間は拍手で包まれ、今回のオークションは終わりを告げた。

──パチパチパチパチ……。

「昨日と今日で稼いだ金貨をほとんど使ってしまったな……」

たった数時間で金貨二万五千枚という、以前は考えられないほどの大金を使用してしまった俺。

大金をあっさりと使ってしまったせいで、金銭感覚が狂ってしまいそうだ。

昨日一万二千枚しか持っていなかった俺が、二万枚のアイテムバッグを買えた理由は簡単だ。

それは、今日もガマグッチが大量発生して、昨日よりも多い金額を稼いでいたから。

まさかこんなに余裕がなくなるとは思わなかったけどな。

「あれほどのアイテムバッグはなかなか出品されないので購入できて良かったですね」

「だな」

容量が計りきれない。時間停止機能付き。重量も変わらない。

三拍子揃ったアイテムバッグは今後の探索でさぞ役に立ってくれることだろう。

「やはり他の方が別の商品に気を取られてしまったことが大きいでしょうね」

「それはありそうだな」

つくづくツイてるなと思った。

支払いを済ませ、オークショナーから説明を受けてアイテムバッグを手に入れた俺は、見た目はただの肩がけカバンであるアイテムバッグに魔力を流し込んでみた。

アイテムバッグは少し淡い光を放った後、すぐに元通りに戻る。

それ以外は特に変わったところはない。

「これを入れてみるか」

設定が完了しているかわからないので、受け取ったばかりのマジックテントを入れてみる。

テントはバッグの入り口に近づけただけで消えてしまった。これで中に収納されたようだ。

取り出そうとしてみると、頭の中にアイテムバッグ内にあるアイテムが思い浮かぶ。

テントを選んでみると姿を現した。

問題なく使えている。どうやらこれでオッケーらしい。

「はい、それで所有者設定は問題ございません。本日はご参加いただき誠にありがとうございました。また、次回のオークションが開催される際はこちらからご連絡させていただきます。ご都合がよろしければぜひご参加ください」

「ああ。そのときはよろしく頼む」

受け渡しも終わったので挨拶も早々に会場を後にした。


服を着替えて、ギルドまで戻ってきた俺たち。

「今日はありがとう。本当に助かった」

「いえいえ、これも受付嬢の仕事ですから」

今日は本当にステラに助けられた。

彼女がいなければ、マジックテントとマジックバッグは手に入れられなかっただろう。

だから、ぜひ礼をしたかった。

「それでもだ。今度、礼をさせてもらいたい」

「ホントですか?」

「ああ」

「わかりました。楽しみにしてますね?」

彼女は嬉しそうに笑う。

これはヘタなことはできそうにないな。

俺はうっかりとした約束に頭を悩ますことになった。

■第三章　出逢い

「いやぁ。早速役に立ってるな。アイテムバッグ」

俺は購入した次の日からアイテムバッグを身に着けてダンジョン探索している。

そのおかげで俺はほとんど身一つでダンジョンを探索できている。ものすごく楽になった。

勿論何があるかわからないので、ポーションホルダーは身に着けている。

「はっ!!」

さらに便利なのは自動収納機能。

俺は依頼をこなすために最短距離で目的地を目指すが、その途中で敵と遭遇することはよくある。

その際、斬り殺して先に進んでいくが、いちいち魔石を拾うために立ち止まらなかった。

しかし、このアイテムバッグは、倒したモンスターのドロップアイテムを自動的にバッグの中に収納してくれる。勿論自分に権利のないアイテムは収納しない。制限や限度はあるらしいが。

そのおかげで俺は一切立ち止まることなく、ドロップアイテムを拾いながら沢エリアまで来れる。

素晴らしい。

「ふぅ～、アイテムバッグのおかげでここまで来る時間がかなり短縮したな」

移動時間が短くなって時間に余裕ができたため、一休みとばかりに他の探索者《シーカー》たちから離れた岩に腰を下ろし、熱々の料理と冷たい飲み物を取り出して休憩する。

「ダンジョン内で熱々の料理が食べられて、冷えた飲み物を味わえるときが来るなんてな……」

俺は遠くを見ながら宿の主人が用意してくれた弁当と飲み物を味わう。

知っていた機能ではあるが、雑魚だった頃には想像さえできなかった現実に、思わず感慨に耽《ふけ》ってしまった。

今でもこれだけ便利なのだから、他のアイテムがあればもっと快適なダンジョンライフを送れることは必定。手に入れないという選択肢はない。

「さっくり稼いでいろんなアイテムを手に入れるぞ!!」

改めて意気込んだ俺は、いつも通りアイアンタートルの依頼をこなした。

ただ倒すだけでドロップアイテムを拾ってくれるのは本当に助かる。

アイアンタートルの甲羅がこちらに吸い込まれるように迫ってくるのはびっくりしたけどな。

「それじゃあ帰るか」

満足するまで狩りをした後、特に急ぐ事情もない俺はのんびり歩いて帰る。

「くそっ!!」

「なんでこんなところでモンスターパレードが起こるんだよ!!」

「こいつでしょ? こいつのせいに決まってる!!」

その途中で探索者《シーカー》たちの叫び声と、地鳴りのような重低音が腹に響いてきた。

岩陰に隠れて様子を窺うと、四人の探索者《シーカー》のパーティが数多《あまた》のモンスターに後を追われていた。

このままでは追いつかれるのは時間の問題だろう。

「こいつに責任取ってもらおう」

「そうね、それがいいわ」

三人の探索者《シーカー》が暗い笑みを浮かべて頷き合った。

「い、いったい何を？」

「こういうことだ」

「きゃーっ」

恐る恐る荷物持ちの女の子が尋ねると、探索者《シーカー》の一人が女の子を蹴り飛ばして倒れさせた。

「もううんざりなんだよ」

「あんたの不幸に振り回されるのはごめんよ」

「お前が悪いんだからな」

あろうことか彼らは少女を囮《おとり》にして自分たちだけモンスターから逃げようとしている。

「そ、そんな……」

少女は彼らの背を見て絶望に顔を曇らせた。その間にも少女にモンスターが迫る。

ちっ、あいつら!!

「助けて……」

少女の声を聞いた俺の脳裏に、リフィルに助けられた自分が重なる。

放っておけるわけがない。

俺は自然と助けるために飛び出していた。

「え……」

「ちょっと待っててくれ。すぐに終わらせるからな!!」

女の子とモンスターの間に割り込んで声をかけた後、モンスターに向けて手を翳《かざ》す。

「ウィンドカッター!!　ウィンドカッター!!　ウィンドカッター!!　……」

掌から放たれた風の刃は、何十匹ものモンスターを切り刻んだ。

無我夢中で何度も魔法を撃ち込むと、モンスターは魔石に姿を変え、あっという間に数を減らす。

気づけば、数十発ほど魔法を放ったところでモンスターは全て消滅してきた。

「ふぅ……大丈夫か？」

「は、はい。ありがとうございました」

モンスターを倒した後、女の子に近づき、へたり込んでいる彼女に手を貸す。

彼女は礼を言いながら俺の手を取って立ち上がった。

「いや、たまたま通りがかっただけだ。無事で良かった」

「えっと……あなたは？」

「俺はラスト・シークレットという。ラストと呼んでくれ」

オドオドしながら尋ねる少女に、俺は手を差し出す。

「わ、私はスフォル・フォルトゥーナ。スフォルと呼んでください」

「ああ、よろしくな」

「は、はい。よろしくお願いします」

少女はたどたどしくも俺と握手を交わした。

「この度は助けていただいて本当にありがとうございました」

「いやいや、頭を上げてくれ」

深々と頭を下げるスフォルの頭を上げさせる。

そんなに畏まられるとこっちが焦る。

「えっと、街に帰るのでそろそろ失礼しますね」

「一人でか？」

「はい……」

彼女は仲間に裏切られた。わかりきった答えではあるが、確認しておく。

これで次の提案をしやすい。

「俺もこれから帰るところなんだが、一緒に行かないか？　ギルドまで送るぞ？」

「えっと、それは止めた方が……」

気を遣わせないようにしたつもりだったが、スフォルは顔を逸らして悲しげに呟く。

その表情には影があった。もしかしたら、彼女には何か事情があるのかもしれない。

「いやいや、気を遣わなくてもいいって。ついでだし。お金を取るつもりもないぞ？」

「……す、すみません。それじゃあ……お願いします」

スフォルの事情には踏み込まず、ちょっと強引に迫る。

彼女は根負けして提案を受け入れ、俺はギルドに彼女を連れて帰った。

「あ、あいつは俺らを守るために身を挺してモンスターの前に残ってくれたんだよ」

「そうよ。あの子の犠牲は決して忘れないわ」

「あぁ、俺たちはあいつのためにも頑張らないといけない」

ギルドでは、一つのパーティが受付嬢に何やら話していた。

多くの同業者が彼らに注目している。そのパーティはスフォルを囮にしたパーティだった。

受付嬢にあることないこと吹き込んでいるらしい。

「おい、その話、俺たちも交ぜてくれよ」

俺たちはやつらの話に割り込んだ。

「な、なんだよ。関係ねぇのに割り込んでくんな」

「いや、関係あるさ。ほら」

「げっ。疫病神……」

「な、なんで生きてるの!?」

背中に隠れていたスフォルが見えるように退《ど》けると、同じパーティだったメンバーは顔を歪めた。

「こいつらはこの子を囮にしてモンスターパレードから逃げてたぞ」

「どういうことですか？　仲間はモンスターパレードの餌食《えじき》になったのでは？」

俺の言葉を聞いた受付嬢がメガネを持ち上げて、目をつり上げる。

「変な言いがかりは止めろよ!!」

「そうよそうよ!!」

「悪いが、俺はその場にいたんでな。全て見ていた」

「なっ……」

突っかかってくるが、俺の言葉を聞いてやつらは言葉に詰まる。

俺は受付嬢に見ていたことを全て話した。

「俺も見てたぜ!!」

「俺も俺も!!」

俺以外にもあの場にいた探索者《シーカー》が何人か戻ってきて証言する。

もう言い逃れはできない。

「あいつら、仲間を囮にしたらしいぜ」

「仲間をなんだと思ってるんだ？」

「関わらないようにしようぜ」

その話を聞いていたギルド内の探索者《シーカー》がひそひそとやつらの話を広げていった。

おそらく明日にはかなり多くの人の知るところとなるだろう。

そうなれば、彼らがこの街で活動するのはかなり厳しくなる。自業自得だ。

「はぁ……虚偽の内容を報告されていたようですね」

受付嬢は何人もの探索者《シーカー》からの裏付けがあり、俺の言っていることが正しいと認めた。

「う、うるせぇ!!　元はと言えば、そいつの役割《ロール》が悪いんだ!!　こいつは疫病神だ!!」

「そうよ!!　何度もトラブルを呼んできて死にかけたわ!!　神様に疎まれているんだわ!!」

「そうだぜ!!　ないはずの罠にかかったことは一回や二回じゃねぇ。そうなってみろよ、あんな最悪の役割《ロール》のやつと一緒のパーティなんて続けてられねぇからよ!!」

もう逃げ場がないと悟った彼らは、みんなの前で喚《わめ》く、それが破滅の言葉だとも知らずに。

「申し訳ありませんが、あなた方を見逃すわけにはいかなくなりました。あのままであれば、彼女への賠償金と一定期間の探索者《シーカー》資格の停止程度で済んだのですが。ギルド職員である私の前で、今の発言は容認できません。ガーディアンの皆様、拘束をお願いします」

『はっ』

　どこからともなく現れたフルアーマーに身を包む兵士たちが、彼らを囲い込んで拘束していく。

「なんだよ、なんなんだよ、放せよ!!　俺たちが何をしたっていうんだよ!!」

「あなた方は私たちの目の前で神から与えられた役割《ロール》を侮辱しました。その罪は重い。後ほど、ギルドマスターより罰が下されることでしょう。役割《ロール》の剥奪と街からの追放というね」

　受付嬢を睨みつけて叫ぶ男に、受付嬢は冷たく言い放った。

「そ、そんな……」

「た、頼む。そんなつもりはなかったんだ。許してくれ!!」

「それだけは勘弁してくれ!!」

　罰の内容を聞いた探索者《シーカー》たちは一気に顔色を悪くした。

「申し開きはギルドマスターの前でしてください。それでは連れていってください」

『はっ』

　受付嬢は一切取り合うことなく、兵士は彼らをどこかに連れていってしまった。

「あ、あの、彼らの罰を軽くしてもらうことはできないでしょうか!?」

　突然スフォルが受付嬢の前に出て嘆願した。俺は彼女の行動に驚いた。

　彼女は彼らに囮にされた。死んでもおかしくはなかった。

　それなのに元仲間たちを助けようとするとは思わなかった。

　何が彼女をそうさせるのか、俺は少し気になった。

「それはあなたでも難しいでしょうね」

「そうですか……」

受付嬢が申し訳なさそうに言うと、少女は落ち込んで項垂《うなだ》れた。

「……ちょっとお話を聞かせてもらえますか？」

「わかった」

「わかりました」

受付嬢は何かを察したのか、俺たちを応接室へと案内した。

「どうやらご事情がおありのようですね？」

「はい……実は私……トラブルメイカーという役割《ロール》を授かりまして……」

「それは聞いたことのない役割《ロール》だが、名前を聞くだけでどんな役割《ロール》か想像できるな」

言いづらそうに自分の役割《ロール》について話し始めるスフォル。

言葉のイメージから俺と同じように不遇な役割《ロール》であることは間違いないだろう。

「はい……名前の通り、トラブルを引き寄せてしまうんです」

「彼らが怒る理由もわからなくはないか……」

ダンジョン探索はただでさえ命がけ。仲間にダンジョン内で不幸を引き起こす存在がいたら、そのリスクは跳ね上がる。彼らの気持ちも理解できなくはない。

だからと言って、スフォルを囮にするのも、侮辱するのも許されることじゃない。

「そうですね。もしかしたら、情状酌量の余地はあるかもしれません」

「ホントですか!?」

「はい、私の方から直接ギルドマスターにお伝えいたしますね」

「ありがとうございます!!」

　実際にどうなるかはわからない。でも、言ってみてもらえるだけで彼女の気持ちが軽くなるのなら、その方がいいに決まっている。

「少し席を外しますね。早めに伝えた方がいいと思うので。少々お待ちください」

「わかった」

　俺たちは部屋を出ていく彼女の背を見送った。

「それにしてもよくパーティを組んでもらえたな」

「それが、さっきのパーティがもう何十組目かでして……」

「なるほど。どこのパーティも追い出されたわけか」

「はい……」

　スフォルは俺と違い、パーティへの加入と追放を繰り返していたようだ。

　それは俺以上に辛いことの多い生活だっただろう。

　正直に言って、他のパーティと同じ立場なら俺も彼女を解雇すると思う。

　というかそれ以前の疑問がある。

「そもそもなんで探索者《シーカー》に？」

　そう。それは探索者《シーカー》になった理由だ。

　探索者《シーカー》は危険なモンスターの蔓延《はびこ》るダンジョンに潜るという命がけの仕事。ほんのちょっとの不運が命を左右する。彼女みたいなタイプの役割《ロール》の人が最も敬遠される職業のはずだ。

　だから俺はそこが気になった。

「えっと、その……役割《ロール》を授かった後、他の職業に就こうと思ったんですけど、どこでもすぐにトラブルを引き起こしてしまって、すぐにクビになってしまうんです……だから私がなれる職業は探索者《シーカー》くらいしか残っていなかったんです……」

「すまん。それはその……悪いことを聞いたな……」

本人にはどうしようもない理由だった。

どこに行っても厄介事を引き寄せてしまうんじゃ雇ってもらえないか……。

俺も能力値が低すぎて他の職業に就くという選択肢はなかったけど、俺には支えてくれる人たちがいた。でも、彼女には誰もいない。

「いえ、とんでもありません。ラストさんにお会いできたのは、私の人生の中でも幸運だったと言えますね。ラストさんはさぞかし名のあるパーティに所属されているんでしょうね？」

「はははは っ。俺が名のあるパーティに？　ないない。俺はソロだよ」

謝る俺に自嘲気味に呟くスフォル。

俺はスフォルの言葉がおかしくて思わず腹を抱えて笑ってしまった。

まさか他人からそんな風に見られるようになるとは思わなかったからだ。

「えぇえええ!?　あんなに強いのにソロなんですか？　それなら知らないはずないんですが……」

スフォルは俺を信じられない目で見た後で、考え込むような仕草をする。

今の俺の実力があれば、彼女の言う通りパーティに所属していないのはおかしいし、名が知られていないのも不思議に思われてもしょうがない。

しかし、知らないのも無理はない。少し前まで俺はただの『雑魚』だったんだから。

結びつかないのも当然だろう。

「うーん、俺を知らない人はいないと思うけどな、悪い意味で」

「どういうことですか？」

少し悩んだ後で彼女に俺の正体を打ち明けることにした。

俺と似た境遇で、裏切った相手を許す優しさを持っている彼女になら話してもいいだろう。

「だって、俺が二十五年間『雑魚』と呼ばれてきた人間だからだよ」

「え!?　まさかラストさんってあの超有名な『雑魚』さんだったんですか!?」

俺の告白にスフォルは目をこれでもかと見開いた。

「あっ、すみません!!　失礼なことを言って」

「いやいや、気にしてないから頭を上げてくれ」

スフォルはすぐにハッとした表情になってものすごい勢いで頭を下げてきた。

慣れているのでそのくらいで気分を害したりはしない。

彼女の肩をポンと叩いて謝罪を止めさせた。

「それにしても本当なんですか？　ラストさんがあの『雑魚』と呼ばれていた人だなんて……ダンジョンでの強さを見る限り信じられないんですけど」

今の俺と過去の俺がどうしても自分の中で結びつかないスフォル。

俺も未だに信じられないときがあるのだからわからなくはない。

「ああ。本当だぞ。ついこないだまで俺は本当に『雑魚』だったんだ」

「その間に何が……まさか!?」

少し俯いて黙った後、答えに思い至ったスフォルはガバリと顔を上げて俺を見た。

「そのまさかさ。俺の役割《ロール》『雑魚』は進化《クラスチェンジ》したんだ」

「えぇぇぇぇぇ!?　二十五年も進化《クラスチェンジ》しなかった役割《ロール》が進化《クラスチェンジ》したんですか!?」

俺はニヤリと口の端を持ち上げてみせる。

どんな噂を聞いていたかは知らないが、彼女は先ほど以上の驚きを示した。

二十五年も進化《クラスチェンジ》しない役割《ロール》は未だかつて存在していないので、そう思われても仕方ない。

「そういうことだ。俺は『中ボス』という役割《ロール》になったんだ。今の強さはそのおかげさ」

「そうだったんですね。納得がいきました。それにしても進化《クラスチェンジ》して間もないのに強すぎるような気がするんですが……」

スフォルは俺の強さに疑問を抱く。

通常の進化《クラスチェンジ》に当てはまらないため、その疑問は当然だ。

「確かなことは言えないが、俺に課された試練を乗り越えた結果なんだろうな」

「なるほど。報われないときがあったからこそ強くなれたと」

「ああ。だからスフォルも進化《クラスチェンジ》したらものすごく強くなれるかもしれないぞ?」

俺が強くなれたということは俺以上に不遇なスフォルもまたその可能性を秘めている。

「そ、そうなんですか!?」

前のめりに問いかけてくるスフォルを宥めつつ話を続けた。

「二十五年間諦めなかった俺が強くなったんだ。スフォルがそうなってもおかしくはないだろ?」

「そう……なんでしょうか……」

信じきれないスフォルは不安そうな表情を浮かべる。

「勿論だ。ギルドマスターも不遇な役割《ロール》は神の愛ゆえの試練だと言っていた。それを乗り越えれば、スフォルもきっと強くなれるはずだ」

「そうなんですね……今までそんなことを言ってくれた人はいませんでした。ラストさんのおかげで自分の未来に少し希望が持てました。本当にありがとうございます」

「だから気にするなって。俺は自分の体験を話しただけだ。感謝されるようなことはしちゃいない」

彼女にも希望があることを知って欲しかっただけなのに、あまりに真剣に礼を言われてしまった。

俺は照れて頭を掻く。

だが、悪い気分じゃない。

「それでもですよ。ありがとうございます」

「だから気にするなって。それで、スフォルはこれからどうするつもりだ？」

これ以上は耐えられそうにない。

思いついたことがあったので、これ幸いと話題を変える。

「えっと、そうですね……他にお仕事がないのでこの仕事を続けるつもりです」

「だよな。そこで一つ提案なんだが、俺とパーティを組んでみないか？」

「え、ラストさんとですか!?」

そう。思いついたのは、スフォルとパーティを組むことだ。

彼女は真面目で優しい。そして何より、辛い経験をしているのに腐らずに真っ当に生きている。

だから、彼女は信頼できると思った。

「ああ。どうだ？」

「ラストさんにこれ以上、ご迷惑をおかけするわけには……」

「いや、どうにかできるかもしれないんだ。それに俺の運の数値は他の人よりも圧倒的に高い。もしかしたらスフォルの不運を抑えることができるかもしれない」

「ほ、本当ですか⁉」

俺の話を聞いたスフォルは信じられないという表情をする。

「ああ。だから、お試しでもいい。俺とパーティを組んで欲しい」

「そんなこと言われたの初めてです……ぜひ私とパーティを組んでください‼」

逡巡《しゅんじゅん》したスフォルだったが、迷惑にならないことが決め手になったのか、彼女は深く頭を下げた。

「ああ、これからよろしくな‼」

こうして俺たちはパーティを組むことになった。

「あら、何やら話がまとまったようですが……」

丁度そのときに受付嬢が帰ってきて困惑した表情を浮かべている。

「ああ。俺とスフォルでパーティを組むことにしたんだ」

「大丈夫なんですか？」

「ああ。たぶんな」

彼女の含みのある質問に俺は自信ありげに頷いた。

「そうですか。わかりました。私はリアンヌと申します。何かあれば、お気軽にご相談ください」

「ありがとう」

リアンヌは俺に向けていた視線をスフォルに向ける。

「それと、彼らは役割《ロール》の剥奪は免れました。スフォルさん、ご安心ください」

「そ、そうですか……それは良かった」

スフォルは心から安堵して体を前に倒した。

「こちらからは以上です。もう帰っていただいて大丈夫ですよ」

「了解。スフォル、行こうか」

「は、はい!!」

俺たちはギルドを後にした。

◆　◆　◆

次の日、俺とスフォルはダンジョンの一階層に来ていた。

昨日は宿に泊まるお金もないというので、まず、公衆浴場に連れていき、服屋や日用雑貨の店を回って必要な物を購入。おやっさんの店で装備を発注し、ミラさんの宿に連れていって泊まらせた。

スフォルは遠慮しようとしていたが、一人でいたらひどい目に遭うのは間違いない。

俺はそれを黙殺できるほど人でなしじゃないつもりだ。

ただ、スフォルは絶対に費用を払うと言って聞かないので、パーティでの探索活動で得た利益から返済するという話で落ち着いた。

名前　スフォル・フォルトゥーナ
種族　普人族
役割《ロール》　トラブルメイカー
レベル　21／99
能力値
身体：37
精神：63
器用さ：61
抵抗力：50
運：－250
スキル
予期せぬ出来事、不幸中の幸い

これが現在のスフォルのステータスだ。

運がマイナスとか初めて見た。

たぶん、俺以来初めてじゃないか？　数値の下限を更新するの。

ずっとゴブリンを狩るのに必死だったせいで情報に疎くなっている。

不運が重なるのは、俺の運の件を鑑みても彼女の運が影響を与えているのは間違いないだろう。

そして、それ以上に問題なのはスキルだ。

『予期せぬ出来事』は、良し悪《あ》しは問わず、いろんな物事を頻繁に引き寄せてしまうスキルらしい。

おそらく運がマイナスの状態でスキルが発動することで、トラブルばかり引き寄せるのだろう。

よく死なないものだと思ったが、それはもう一つの『不幸中の幸い』が作用しているとのこと。

このスキルはどんな窮地に陥っても生き残る可能性が高くなるスキルらしい。

そのおかげで今まで死にそうな目に遭っても、どうにか生き残ることができたという。

それにしても、他のステータスの数値が少しおかしい。

一般役割《ロール》の一度のレベルアップで上がる能力値の最大値は五ポイントのはず。

それなのに、それ以上に上昇していないと到達できない数値になっている。

「あっ」

ステータスを見ていて俺はとある可能性に気づいた。

運がレベルごとに五ポイント下がっている。その分上昇値の最大値が上がっているのではないかと。

もしそうなら、魔法系の能力が高いので、適性があれば強い魔法使いになれるはずだ。

今は適性がないけど、まだ進化《クラスチェンジ》してないことを考えれば、適性が生まれる可能性は高い。

そこまで成長できれば、という条件付きだが。

「それで、これからの予定だが、まずスフォルには俺のスキルを受けてもらう」

「え？」

俺の言葉に首を傾げるスフォル。

まぁ、何を言っているのかわからないだろう。

名前　ラスト・シークレット
種族　普人族
役割《ロール》　中ボス（2／5）
レベル　60／99（＋4）
能力値
身体　：287（＋16）
精神　：290（＋16）
器用さ　：287（＋16）
抵抗力　：287（＋16）
運　：287（＋16）
装飾品
精神の指輪
スキル
成長限界突破、ステータス上昇値最大値固定、
獲得経験値増加（四倍）、成長速度向上（四倍）、
状態異常耐性（下）、全魔法適性、鑑定（下）、
スキル軽減（下）

魔法
ウィンドカッター、ヒーリングライト

なんの話かと言えば、昨日レベルアップして覚えたスキル『スキル軽減（下）』のことだ。

この『スキル軽減（下）』だが、対象のスキルの効果を弱めることができる。

通常のスキルに使うのはデメリットしかないが、マイナス効果のスキルなら、メリットに変わる。

スフォルのスキルに使えば、『予期せぬ出来事』の発動を抑えることができるはずだ。

それに俺の運は相応に高い。この程度の差ならトラブルに遭遇する確率は随分と減るだろう。

「そんなスキルがあるんですか!!　ぜひ使ってください!!」

スキルの説明をすると、スフォルは俺を疑うこともなく、ガバリと頭を下げた。

「いいのか？　そんなに簡単に信用して」

「はい。あそこで助けてもらえなかったら、死ななくてもかなりひどい状態になっていたはずです。この命はラストさんに貰ったようなもの。ラストさんにならどんなことをされても構いません」

「そ、そうか」

なんだかすごく重いことを言われている気がする。

だけど、あまり深く考えるのは止めよう。

「それじゃあ、早速スキルを使用する」

「わかりました」

俺はスフォルに手を翳してスキルを意識して発動させた。

「あっ、変わってます」

「ステータスはどうだ？」

「んー、よくわかりません」

「どうだ？」

スキル
予期せぬ出来事（軽減中）、不幸中の幸い

感覚的な変化はないようだが、ステータスにはきちんと効果が反映されている。

これなら少しは効果を期待してもいいだろう。

「もう少し奥に行こう」

「わかりました」

スフォルの身体のパラメータを見る限り、ゴブリンでは役不足だ。

サワークラブで様子を見るために十一階層に向かった。

「すごいです。全くトラブルが起きませんでした!!」

「それは良かった」

ただ十一階層に着いただけなのに、スフォルは目をキラキラとさせて感動している。

「いつもならここまで五、六回くらい厄介事に巻き込まれて、もう数時間はかかっていたはずです」

「それはなかなか大変だな」

今の状態こそが普通なのに、その普通が幸せだと笑うスフォル。

厄介事が日常になるくらいひどい状態だったに違いない。

これからは幸せになって欲しいと思う。

「おっ。見つけたぞ」

「はい」

軽く沢を歩くと、サワークラブを発見した。

「俺はここで見ているから、攻撃してみてくれ」

「わかりました」

スフォルは指示に従ってサワークラブの方に歩いていく。

ある程度近づいたところで走り出し、射程距離に入ったところで持っていた槍《やり》を振り下ろした。

「やぁっ」

「ブクブクブクブクッ」

口から泡を吐き出して鳴き声のような音を出すサワークラブ。

スフォルはすぐにサワークラブとの距離を取る。

槍が当たった場所が大きく凹《へこ》み、サワークラブの殻に罅《ひび》が入っていた。

「ブクッブクッ」

しかし、一撃では死なず、ダメージを受けた体を引き摺って泡を飛ばす。

素早さの高いスフォルに攻撃は当たらない。

泡を躱しながら再びサワークラブに肉薄して、罅割れた場所に槍を突き刺した。硬さのない場所に深々と槍が刺し込まれる。

「はっ」

「ブクブクブク……」

二発目の攻撃でサワークラブは動かなくなってやがて死んだ。

姿が消え、ことりと魔石が地面に落下する。

やはり彼女のパラメータは高い。

「やった、やりました。やりましたよぉ、ラストさん!!」

「お、おお、ちゃんと倒せたな」

スフォルははしゃいで俺の傍まで駆け寄ってくる。

まるで初めて倒したかのような喜びように困惑しつつ、彼女の頭をポンポンと撫でた。

「あっ、悪い……つい」

ものすごく丁度いい位置にあったのと、なんだか可愛い犬みたいで、思わず手を置いてしまった。

年頃の女の子の頭を撫でてしまうなんて、会って間もない人間がやってはいけないことだ。

それが中年なら尚更だ。

気づいた瞬間、俺はすぐに手を離して謝罪する。

「い、いえ、全然大丈夫です!! そ、それよりもモンスターもなんのイレギュラーもなく倒せました!!」

スフォルは顔を赤らめて俯いたものの、すぐに顔を上げて話題を変えた。

やはり嫌だったのだろう。今後は気を付けようと思う。

「そうなのか？」

「はい。よく信じられないことが起こって苦戦していたんですが、今日は全く起こりません」

「本当に素晴らしいスキルですね!!」

心から嬉しそうに笑うスフォル。

そんな彼女を見ていると、なんだか切なくなる。

『予期せぬ出来事』は相当厄介なスキルらしいな。

でも、ここまで普段との違いが出ているのなら、間違いなく効果が出ているとみていいだろう。

「それじゃあ、次も倒してみるか」

「はい!!」

彼女に普通に慣れてもらうために、暫くの間、サワークラブを倒させ続けた。

「まさか数十匹倒しても一度もトラブルが起こらないなんて驚きました」

「ちゃんと効果があって良かったよ。そうじゃなかったら、パーティに誘った意味がないからな」

「ラストさんには本当に感謝しています。私にできることならなんでも言ってください!!」

むふーっと鼻息荒げに言うスフォル。

やっぱり小動物感があって微笑《ほほえ》ましく思ってしまう。

でも、初日でそんなに感謝をされても困る。

「まだ始まったばかりだ。少し奥に行こう」

「は、はい」

俺は照れを隠すため、ダンジョンの奥に歩き始めた。スフォルは慌てて俺の後ろについてきた。

人ごみを避けるため、もう少し先の階層へと進んだ。

「ここら辺は空《す》いてそうだな」

「そうですね」

やってきたのは十五階層。

十階層にも二十階層にも遠いのでここで探索している人間は少ない。

「見るからに沢山いるな」

「はい。大丈夫でしょうか？」

「このくらいならなんとかなるだろ。群れと戦ってみよう。俺がフォローする」

「わ、わかりました」

俺は楽観的に考えて近くにいたサワークラブの群れを指し示した。

先に走り出したスフォルの後を追いかけていく。

「やぁっ!!」

スフォルが素早さを活《い》かして槍を叩き込んだ。

「はっ」

俺はスフォルが攻撃されないように、敵を牽制する。

三十分ほど経ち、スフォルは槍を地面に突き立てて一息ついた。

「ふぅ……討伐完了、ですね」

「お疲れ」

「こんなに戦いに集中できたのは初めてです」

スフォルは玉のような汗を浮かべて清々《すがすが》しい表情をしている。

彼女の不運を抑制できているようで嬉しい。

「これからはこれが普通になるからな」

「慣れちゃうのが少し怖いですね……」

スフォルの表情が陰る。

俺が見捨てる可能性もあると思ってるのかもしれない。

「ずっと一緒にいるから安心しろ」

「え!?　そ、そそそそ、それって!?」

安心させるように言ったつもりなのに、スフォルがものすごく慌てている。

「ど、どうしたんだ？　スフォルとはこれからもずっとパーティを組むつもりだぞ？」

「そ、そうですよね……」

言い直したら、スフォルは肩をガックリと落としてしまった。

なんなんだ、いったい……。

それはそれとして、そろそろいい頃合いだ。

「今日はここで野営しよう」

スフォルと一緒に十五階層まで来て一日で往復するのは厳しい。

俺一人ならどうにかギリギリ帰れるが、マジックテントの使い心地も知りたいし、丁度いい。

「わ、わかりました……」

「俺が見張るからスフォルはこのマジックテントで休んでくれ」

「マジックバッグだけじゃなくてテントまで持ってるんですね。すごいです!!」

「ああ。運よく手に入ってな。使い心地を教えてくれ」

「任せてください」

俺はマジックテントを取り出した。

見た目はただのテントだが、ワンタッチで完成し、ワンタッチで折りたたまれる優れものだ。

スフォルはテントの中に入っていく。

「綺麗!!　広っ!!」

中からスフォルの声が聞こえてきた。

「すっごいですよ、ラストさん!!」

目を輝かせて興奮気味に飛び出してくるスフォル。

子供らしい素直な反応で安心する。

「高いやつだからな。ゆっくり休めるだろ?」

「緊張して寝れないかも……」

「そこは慣れてくれ」

そう言っていたスフォルだが、ぐっすりと眠っていた。

ここのモンスターならスフォルでも倒せるので、見張り練習も兼ねて俺も使ってみた。

最高の寝心地だった。幸いスフォルのスキルが仕事をすることもなく一夜を明かせた。

「わぁ～、地上ですね!!」

「そりゃあ、地上だろ」

「だって、二日間全然トラブルが起きなかったんですもん。夢みたいで」

「そうか」

トラブルはスフォルが役割《ロール》を授かってからずっと隣に在ったもの。

それがなくなるなんて信じるのは難しいよな。

少しでも不安を払拭《ふっしょく》できることはないだろうか。

そこでふと思いつく。

「そうだ。今日は無事に帰ってこられた記念にご飯を奢《おご》ってやる。何が食べたい？」

「い、いや、いいですよ、そんな……」

「バカ。こういうときは素直に甘えておけばいいんだ」

まだまだ子供のくせに遠慮しようとするのでガシガシと頭を撫でる。

あっ、またやってしまった。スフォルの頭は撫でやすすぎる。抗《あらが》えない力がある。

「わ、わかりました。最近草ばかり食べてたので、お肉をいただけたらなぁって」

苦笑しながら話された衝撃の事実。食生活も俺より圧倒的にひどい。

聞いた俺は、いてもたってもいられなくなった。

「草……わかった。今日は滅茶苦茶いい肉を喰わせてやる。ついてこい!!」

「は、はい!!」

俺はスフォルの手を握り、引っ張って歩き始めた。

「こんにちは。入れるか？」

「はい、勿論でございます。個室にご案内しますね」

「頼む」

俺たちがやってきたのはリフィルに連れてきてもらった店。

滅茶苦茶美味かったことを思い出してここに連れてきた。

個室に案内された俺たち。

「だ、大丈夫なんですか？　なんだか少し高そうなお店なんですけど……」

「全く問題ない。この前すごい大金を稼いだからな」

「そ、そうなんですね」

「ああ。だから心配するな」

「わ、わかりました」

リフィルは個室の内装を見ながらビクビクしている。

でも、ビビっていたらスフォルが不安がる。

俺は毅然《きぜん》とした態度でできるだけ不安にさせないように心がける。

「ご注文はいかがなさいますか？」

「肉を中心におススメを一通り頼む」

「畏まりました」

注文をして料理を待つ。スフォルが膝の上で手を動かしてソワソワしている。

元々裕福な家の生まれじゃないのだろうし、役割《ロール》を授かってからも散々な生活をしていたせいで、
高級感のあるお店は落ち着かないんだろうな。

俺もリフィルに連れてこられたときは委縮していた。

「お待たせしました」

数分ほどで最初の料理が運ばれてくる。

とても美味そうだ。普通の店より少し高いだけある。

「わぁあああああっ!!」

スフォルが目の前の料理に目をキラキラと輝かせていた。

やっぱり、まだまだ子供だな。

俺も小さい頃は結構はしゃいでたっけ。

スフォルを見ていると、少し懐かしい記憶が蘇《よみがえ》ってくる。

「よし、食べるか。好きなだけ食べていいからな」

「は、はい!!」

このまま待たせたままなのも悪いので、早速食べ始める。

遠慮しないように俺が率先して料理を取って口に運ぶ。

それを見たスフォルが安心して料理を皿に盛って食べ始める。

「もきゅもきゅ」

スフォルは小柄で幼く見えるので、まるで小動物が口いっぱいに料理を頬張っているように見えて微笑ましい。

数分おきに料理が運ばれてくる。肉料理が六、魚料理が二、野菜が二って感じだ。

どの料理も美味しそうだ。他の料理もスフォルに勧める。

美味しそうに食べる彼女を見て満足した俺は、食べるのを再開した。

「もきゅ……ぐすっ……もきゅ……ぐすっ」

しかし、自分の料理に集中していると、鼻を啜《すす》る音が聞こえてきた。

こういうときどう接したらいいのかわからない。

「ど、どうしたんだ⁉」

「こ、こんなに美味しい料理を食べたの初めてで……ぐすっ……ずっとご飯をあんまり食べられなくて、ひもじくて、辛くて……ぐすっ」

やっぱり苦しいのを我慢していたんだな……。

スフォルは十四歳だと言っていた。俺の三分の一くらいの年齢だ。

その年でトラブルに満ちた生活はさぞ辛かっただろう。

俺にはリフィルのような力はない。

でも、リフィルが俺を助けてくれたように、この子を少しでも元気にしてやりたいと思った。

「ほら、とりあえず、涙と鼻水を拭け」

――チーンッ。

スフォルは俺から受け取った布で鼻をかみ、折りたたんで涙を拭く。

「これからは毎日ちゃんと食べられる。だから、安心しろ」

「は、はい!! 本当に、本当にありがとうございます!!」

スフォルは涙を流したまま、暖かなランタンの明かりのような笑みを浮かべた。

彼女はそれからも涙を流しながら、料理を頬張り続けた。

「もう食べれましぇん」

その結果、見事に動けなくなった。

「誰もそこまで喰えとは言ってないだろ」

「すみませんでしたぁ」

呆れながらも腹が苦しくないようにスフォルを抱きかかえて宿に戻った。

「全く女を泣かせるんじゃないよ!!」

「いやいや、これは……」

「言い訳無用!!」

「はい……」

宿に着いたら、なぜかミラさんに叱られてしまった。

理不尽じゃないか？　もしかしたら、これが『予期せぬ出来事』の効果なのかもしれない。


次の日、換金してなかったので二日分の成果を換金した。

「金貨……」

「驚いたか？」

「は、はい。まさかこんなに稼げると思っていませんでした……」

換金して自分の取り分を受け取ったスフォルは心ここに在らず。

今まで相当取り分が少なかったらしい。

「この程度は、ほんの序の口だ。これからまだまだ稼げるようになるぞ」

「はい、頑張ります!!」

やる気を漲《みなぎ》らせたスフォルと共に今日もダンジョンへと足を踏み入れる。

基本的にスフォルに倒させているので、一人で戦っているときよりも稼げない。

でも今はスフォルの育成が最優先だ。彼女が強くならなければ、先に進めない。

「スフォル、レベルはどんな感じだ？」

「はい……あっ。レベルが三十になりました!!　え!?　それに闇魔法の適性まで!!」

「おお!!　良かったな!!」

サワークラブ漬けの毎日を送った後、スフォルは自分のステータスを見て驚いた。

「はい……はい!!」

彼女は嬉しさで笑みを浮かべながら涙を流して喜んだ。

レベル　30／99（＋9）
能力値
身体　：49（＋12）
精神　：89（＋26）
器用さ：78（＋17）
抵抗力：71（＋21）
運　　：－295（－45）

スキル
予期せぬ出来事、不幸中の幸い、闇魔法適性

ステータスを見せてもらうと、確かに『闇魔法適性』のスキルを覚えている。

彼女は後衛型なのに魔法が使えなかった。でも、もうその問題は解決した。彼女は強くなれる。

「よし、すぐに魔導書屋に行くぞ」

「え、あ、は、はい!!」

俺はスフォルの手を掴んで魔導書屋に向かった。

「闇魔法の魔導書はあるか？」

「闇魔法ですか。少々お待ちください」

店主が店の奥に消えた後、スフォルが俺をしゃがませて耳元で呟く。

「ラ、ラストさん、魔導書って高いんですよね？」

「それがどうかしたのか？」

「わ、私そんなお金持ってないですよ!!」

「大丈夫だ。適性を手に入れたことへの俺からのお祝いだ」

そんなことを気にしていたのか。

お金を持っていないってわかってるのに払わせるわけがない。

「そ、そんな高いプレゼント受け取れませんよぉ」

「なーに、これは投資だ。これから体で返してくれればいいさ」

スフォルとはこれからダンジョン探索で一緒にやっていく。

このくらいの金額はすぐに返してくれるはずだ。

「わ、わかりました。私の全てはラストさんのものです。好きにしてください!!」

しかし、何を勘違いしたのか、スフォルは顔を真っ赤にして叫ぶ。

「バ、バカ!! 変なことを大声で叫ぶんじゃねぇ。ダンジョン探索に貢献してくれってことだよ!!」

「そ、そうでしたか……私は……ない……のに」

勘違いを正したのに、なんだか残念そうなのは気のせいだよな?

「お待たせしました。闇属性の魔法はこちらの四点になります。一つ目はポイズン。相手に毒状態を付与する魔法です。二つ目はコンヒュ。相手の精神を乱して混乱させる魔法です。三つ目はシャドウミスト。対象の頭に黒い霧を纏わりつかせ、相手の視界を奪う魔法です。そして最後はシャドウエナジー。闇属性の魔力の塊を放出して敵にぶつけてダメージを与える魔法です」

毎回店主の話はとても勉強になる。

「闇属性は状態異常を引き起こす魔法が多いんだな」

「そうですね。相手にマイナスの状態を付与するデバフ効果のある魔法が多いです」

「なるほどな。わかった。全部買おう」

「ラストさん!!」

「いくらだ?」

魔導書を全部買おうとする俺にスフォルが抗議の声を上げるが、無視して話を続けた。

「金貨六百七十三枚になりますが、よろしいですか？」

結構な値段がするが、まだ金貨が二千枚以上残っている。

使ったところで問題ない。

「構わない。カード払いで頼む」

「承知しました」

「高すぎですよ!?」

店員は淡々と話を進めていくが、スフォルが再び抗議する。

「闇魔法があればグッと楽に戦えるようになる。覚えておいて損はないはずだ」

「それはそうですが……」

「大丈夫だ。この魔法があれば、もっと沢山稼げるようになるから」

「わ、わかりました……」

説得すると、渋々といった様子でスフォルは引き下がる。

「お待たせしました。こちらが魔導書になります」

「ありがとう」

俺たちは魔導書を受け取って宿に戻った。


「それでは、始めます……」

緊張した様子で呟くスフォル。

その様子を見て初めて魔法を覚えたときの自分を思い出す。

あのときの俺もこんな状態だったんだろうな。

そう思うと少し恥ずかしい気持ちになった。

スフォルは四つの魔導書を一つずつ開き、魔法を覚えていく。

「ホントに覚えてる……」

「良かったな」

「はい!!」

ぼーっとしているスフォルに声をかけると、彼女は顔を上げてニッコリと笑った。

「俺は近接攻撃の方が慣れているし、レベルがある程度まで上がったら、基本的に後衛としてデバフを中心に魔法で攻撃してもらおうと思う。大丈夫か？」

「勿論です」

「よし、明日から早速魔法を使って戦ってみよう」

「わかりました!!」

次の日からスフォルの闇魔法を使ってからモンスター倒していく。

「コンフュ!!」

最初は不慣れだったスフォルの魔法も徐々に敵に当たるようになっていく。

「ポイズン!!」

抵抗力の高い相手には効きにくい魔法だが、スフォルの高い精神力により、相手の抵抗力を超えて状態異常を付与していく。

「シャドウミスト!!」

それにより、昨日より多くのモンスターを倒せるようになった。

俺たちは野営をしながらスフォルのレベルアップに努めた。


「あ、いけね」

だいぶスフォルも慣れてきた頃、俺は忘れていたことを思い出す。

「どうしたんですか？」

「装備の納期、とっくに過ぎてた」

「それはいけませんね」

「おやっさんに怒られる」

「急いで行きましょう」

今日の分の換金を済ませ、おやっさんの店にやってきた。

「こんにちはー!!」

「やぁっと来たか、いつまでも取りに来ねぇから待ちくたびれちまったぞ?」

「悪い。ちょっと遅くなった」

「まぁいいけどよ。二人の装備はもうできてるぞ。ついてこい」

案の定、納期より少し来るのが遅れてしまったことをおやっさんにドヤされる。

おやっさんも別に本当に怒っているわけじゃなくて枕詞《まくらことば》のようなものだ。

「こいつだ」

「おお……ついに……」

「これが、魔鉄装備……ゴクリッ」

俺たちが通された先には、二つのマネキンがあり、胸当てと各部のプロテクター、そしてブーツなどの軽装備がマネキンに取り付けられている。

これからより深くダンジョンを潜るにあたってスフォルの分も頼んでいた。

黒い魔鉄が淡く紫色に発光し、今まで装備していた皮鎧とは一線を画す装備だとわかった。

俺は憧れだった魔鉄装備に感動で体が震える。

「どうだ？　なかなかいい出来だろう？」

「ああ。想像以上だ」

ドヤ顔をするおやっさんに、俺はしっかりと頷いた。

「早速身に着けてくれ。おかしなところがあれば調整するからよ」

「わかった」

おやっさんに勧められるままに俺たちは自分専用の魔鉄装備に付け替える。

皮鎧から胸当てに変わって多少違和感はあったものの、体にフィットして動きを阻害しない。

体を軽く動かしてみるが、問題なさそうだ。流石おやっさん、腕利きの鍛冶屋だけある。

「大丈夫そうだ。スフォルはどうだ？」

「すごいです、これ。前よりも動きやすいです」

「それなら良かった。少し見せてくれ」

「了解」

問題ないと思うが、職人から見ると完璧じゃない場合もある。

許可を取ったおやっさんは、身に着けた状態の防具の様子を確認しつつ微調整してくれた。

「これで大丈夫だろう」

「ありがとう」

「ありがとうございました!!」

「おいおい、まだ終わっちゃいねぇだろうが」

調整を終えたので満足げに感謝して帰ろうとすると、呆れた顔で引き留められた。

「ん？」

他に何かあったかと思い、俺は首を捻《ひね》る。

「武器だよ、武器」

「あぁ!!　この剣が自分の武器だと勘違いしていた」

俺はおやっさんに言われて腰に佩《は》いている剣に手を当てた。

すっかり忘れていた。今では完全に手に馴染んでいたからな。

「それも悪くはねぇ品ではあるが、お前たちにゃこっちの方が似合いだ」

「おっとっ!?」

「わわわっ」

俺が苦笑いしていたら、おやっさんが武器を投げ渡してくる。

俺とスフォルは武器を受け取り、鞘から少し引き抜いた。

魔鉄特有の黒い剣で、防具同様に表面が淡く紫色に発光していて、反射で俺の顔を映している。

スフォルは元々使っていた武器である槍。

「おお。手にぴったりくるな」

「うわぁ。槍が手の一部になったみたいにしっくりきます……」

完全に引き抜いて軽く構えてみると、借りていた武器よりも手に馴染む。

スフォルも馴染みすぎて逆に驚いていた。

「ったりめぇだろ。お前ら専用に作ったんだからな」

自慢げに鼻をこすって答えるおやっさん。

「ちょっと振ってもいいか？」

「ああ。裏庭でやってみろ」

「了解」

年甲斐《としがい》もなくワクワクした俺は、裏庭に移動して剣を振ってみる。

魔鉄の剣はものすごく振りやすく、重さもあまり感じさせないほどに自由自在に振り回せた。

まるで体の一部になったような感覚だ。

「どうだ？」

「こりゃあいいな」

「本当ですね!!」

一汗かいた後、おやっさんに問われ、スフォルと俺は絶賛する。

「よし、これでその装備はお前たちのもんだ。何かあったら、俺んとこに持ってこい」

「ああ、ありがとな」

「礼を言われる筋合いはねぇ。俺は仕事をしただけだ」

おやっさんは照れくさそうにそう言って店の中に戻っていく。

「これからよろしくな」

その背中を見送った俺は、剣を空へと掲げた。

新しい相棒は太陽に照らされ、反射で俺の声に応えた気がした。

◆　◆　◆

俺たちはこれから二十階層のボスへと挑戦する予定だ。

レベル　40／99（＋10）
能力値
身体　：66（＋17）
精神　：112（＋23）
器用さ：97（＋19）
抵抗力：87（＋16）
運　　：－345（－50）
スキル
予期せぬ出来事、不幸中の幸い、闇魔法適性
魔法

コンフュ、ポイズン、シャドウミスト、
シャドウエナジー

なぜなら、スフォルのレベルが四十を超えたから。俺たちが先へと進む準備は整った。

二十階層を超えれば、いっぱしの探索者《シーカー》と言われる。ここを超えたら晴れて俺たちも一人前だ。

十階層でヴァンパイアが出てくるというイレギュラーが起こったことを考えると、二十階層でも何か起こる可能性がある。気を付けなければいけない。

「スフォル、気を抜くなよ」

「はい!!」

俺たちは意を決して二十階層のボス部屋の扉を開いた。

中に入り、ある程度進んだところで扉が閉まる。いったい何が出るのか……。

俺は緊張しながらボスが出現するのを待った。

黒い靄《もや》が集まり、形を形成していく。その形状は見たことのある形をしていた。

「ブクブクブクブクブクッ」

「サワークラブそのまんまじゃねぇか!!」

「ですね!!」

それはサワークラブ。俺たちが慣れ親しんだモンスターの姿をしていた。

ただし、その大きさは普通のサワークラブの十倍以上。

ビックサワークラブ。サワークラブを巨大にしたモンスターだ。

今回は特に何事もなく、通常のボスモンスターだった。拍子抜けだったが、安心した。

「ラストさん、来ます!!」

「おうよ!!」

俺がホッとしていると、ビックサワークラブが腕を振り下ろしてくる。

既にヴァンパイアを倒している俺にとってこの程度のスピードは遅すぎる。

簡単に躱して体勢を整えた。

「シャドウミスト!!」

スフォルが魔法を唱え、ボスの目の部分に黒い霧が纏わりついた。

ボスにも問題なく魔法が効いている。

「ブクブクブクッ」

ビッグサワークラブは急に視界を失って手当たり次第に攻撃している。

やっぱり状態異常魔法使えるなぁ。

「はぁっ!!」

隙だらけの敵をそのままにしておくわけがない。

俺は一気に距離を詰めてその脚を斬り裂いた。

「ブクブクブクゥッ!!」

「うわっ。すごい切れ味だ」

新しく作ってもらった剣はとんでもなく高性能で、ボスの脚を易々と両断してしまった。

「シャドウエナジー!!」

動きが止まっているボスにスフォルの魔法が着弾。

衝撃を受けたボスはグラリと体が揺らいだ。

「この剣なら一発でいけそうだな」

足を一本ずつどうにかしていこうと思っていた。

でも、俺の身体能力とこの剣があれば問題ないと判断し、ボスの頭上に跳んで剣を振り上げる。

「せいやぁあああっ!!」

そして、無防備に晒されている本体にそのまま剣を振り下ろした。

――スパッ!

ボスの体はまるでこんにゃくのように斬れてしまった。

「えぇえええええっ!?」

後ろでスフォルが叫んでいる。

「こんなもんか」

「い、一刀両断なんてすごいですね」

「俺のステータスとこの剣ならおかしいことじゃないさ」

俺の能力値は既に上級役割《ロール》を遥《はる》かに超えている。

上級役割《ロール》の人間が最高まで鍛えたら、大体Bランク探索者《シーカー》くらいにはなれる。

Bランク探索者《シーカー》なら五十階層くらいで戦っているのが普通だ。

二十階層くらいで苦戦しては困る。

「そうなんですね」

「あぁ、このくらいで驚いてたら大変だぞ。討伐報酬を開けて次の階に行こう」

「了解です!!」

俺たちはボスの魔石を拾い、ビッグサワークラブの討伐報酬である宝箱を開けた。

「情報通り、ハサミだな」

「ハサミですね」

討伐報酬は大きな蟹バサミ。脚よりも美味いと聞いている。宿に帰るのが今から楽しみだ。

「ここが二十一階層か」

「あ、暑いですねぇ……」

「そうだな……」

ついに二十一階層に下りてきた俺たちは、うだるような暑さにうんざりしていた。

ここは視界が届く範囲全てが砂漠の階層だ。太陽が照り付け、俺たちの肌を焼く。

「こりゃあ、外套《がいとう》を用意しないと進むのは厳しいな」

「この階層から出るファイヤーリザードの革で作られた外套は、熱を遮断してくれるそうです」

「そうか。必要な分の皮が落ちるまでファイヤーリザードを狩るところから始めよう」

「わかりました」

俺たちは迷わないように階段が見える範囲で、ファイヤーリザードを探す。

「ピュギーッ」

暫く歩いていると、砂の中から赤黒いトカゲ型モンスターが現れた。

こいつがファイヤーリザードだ。

「シャドウミスト!!」

スフォルの魔法がファイヤーリザードの顔に纏わりつく。

「ピュギピュギッ!?」

リザードは霧を払おうとするが、前脚が霧をすり抜けて混乱している。

「はっ!!」

その隙をついて俺が迫り、首を斬り落とした。

「ふぅ……魔石だけか……」

「仕方ないですね。ドロップアイテムはそんなに出るものでもありませんし」

「そう……だな」

俺はそこで青ざめた。

最近、魔石以外のドロップアイテムをあまり見かけていない。

いつからだ……いつからこうなった?

……そうだ、スフォルと一緒にダンジョンに潜るようになってからだ。

俺一人のときはプラス二百以上だが、スフォルが一緒にいると相殺される。

だから、全然ドロップアイテムが出ないんだ……。

こりゃあ、ファイヤーリザードの皮を集めるだけでも相当な時間がかかりそうだ……。

でも誘ったのは俺だし、大事なパーティメンバーだ。今更追い出すつもりもない。

だが、これはこれからしっかり考えなければいけない問題だ。

どれくらいで出るか確認してみよう。

「とにかく頑張ってみよう」

「わかりました!!」

俺たちはそれから百匹ほどのファイヤーリザードを狩り続けた。

それでようやく二人分の外套を作れるくらいの皮の量。

「「はぁ……はぁ……はぁ……」」

暑さも相まっていつも以上に疲れている。

幸いアイテムバッグに水を大量に入れている。

そのおかげで水がなくて死ぬような事態は回避できた。

俺がアイアンタートルと戦ったときは一匹〜五匹に一回は甲羅を落としていた。

二十分の一以下。少なくとも一人で戦っていたときの二十倍は戦う必要があるわけだ。

しかも、スフォルの運と俺の運の合計は少しずつマイナスの差が大きくなっていく。

これからどんどんドロップアイテムが落ちる可能性が減っていくということだ。

こりゃあ、ドロップアイテム系の依頼は受けない方が良さそうだな……。

俺はそう結論づけた。

街に戻り、外套の作成依頼を済ませて宿に帰り着いた。

「たーんと食べな!!」

「美味し、美味しいです!!」

ミラさんに勧められ、スフォルはモリモリ食べる。

その小柄な体のどこに入っているのかわからないくらいに。

数日後、ようやく外套を手に入れた俺たち。

「うわぁ……すげぇ楽」

「全然違いますね!!」

外套を着て二十一階層に来てみると雲泥の差だ。

「よし、先に進もう」

「はい!!」

砂漠エリアでは、ファイヤーリザードの他、サボテンランナーという人型のサボテンモンスター、サンドスコーピオンという土色のサソリ型モンスターが出た。

稀にサバクヌコという猫に近い可愛い見た目のモンスターにも遭遇した。

見た目に反して顔っぽい部分が花のように開いて襲い掛かってくるヤバいモンスターだったが。

スフォルは滅茶苦茶驚いていた。

しかし、どのモンスターも俺の攻撃とスフォルの魔法の前にあっけなく死んでいった。

辺りが暗くなると、急激に寒くなる。

「今日はこの辺りで休もう」

「そうですね」

しかし、俺が持っているテントの中は、寒いときは寒さを遮断して暖かさを保ち、暑いときは熱を外に逃がして涼しくしてくれる。こんな場所で休んでも全く問題ない。

俺たちは交代で見張りをして体を休めた。

「問題なかったか？」

「はい。モンスターは襲ってきませんでした」

「そうか、それは良かった」

この辺りのモンスターになると、スフォル一人では少し怖い。

すぐに起こすように言っているとはいえ、何が起こるかわからないから心配だった。

何ごともなかったようで良かった。俺はホッと安堵の息を吐いた。

「よし、今日は二十五階層を目指そう」

「そうですね!!　行きましょう!!」

俺たちは先に進んだ。

どうにか二日かけて三十階層のボス部屋に到達した。

三十階層にあるボス部屋の扉は遺跡のような建造物の中にある。

「ふぅ……やっと着きましたね」

「そうだな」

三十階層と言えば、中堅どころに足を踏み入れたと言ってもいい。

一定の稼ぎが約束され、他の探索者《シーカー》たちから一目置かれるようになる。

進化《クラスチェンジ》してひと月あまり。本当に目まぐるしい日々を送っている。

三十階層のボスはサンドワーム。

砂の中を移動する巨大なミミズみたいなモンスターで、口が円形に大きく開いている。

特殊な能力は持っていない。強いて挙げれば、その大きさだろう。

全長十数メートルはあるので、攻撃を躱すのが大変らしい。

「ん？」

「どうかしましたか？」

「なんだか視線を感じる気がするんだが……」

俺が辺りを見回すと、ボス待ちをしている探索者《シーカー》からジロジロと見られていた。

「それはそうですよ。普通はパーティを組んでここまで来ますからね」

「組んでるじゃないか」

「パーティって四人から六人くらいじゃないですか。たった二人のパーティは珍しいんですよ」

「なるほどな」

改めてボス部屋の前で待っているやつらを見ると、スフォルの言う通りの人数のグループばかりだ。

二人というグループは一つもなかった。

俺たちは最後尾に並び、順番が来るのを待つ。

「さて、順番が来るまで暇だな」

「そうですね」

「素振りでもするか」

「見ててもいいですか？」

「別に面白いもんじゃないと思うが……」

「見たいんです!!」

「そ、そうか」

結果、俺はスフォルにジーッと見つめられながら素振りをすることに。

恥ずかしいことじゃないはずなのに、なぜか恥ずかしい気持ちになった。

「あれ？」

「今度はどうしました？」

「さっきまで感じていた視線がなくなったな」

「そうですね。どうしたんでしょう」

気づけば、チリチリとした視線を感じなくなっていていた。

なんでだろう。

ボス待ちの探索者《シーカー》を見ると、一様に俺から目を逸らしている。

「まぁいっか。鬱陶《うっとう》しかったし」

「そうですね」

視線がなくなったのは良いことだ。深く考えるのを止め、話をしながら順番が来るのを待った。

十組終わるのを待つと、ようやく自分たちの番が回ってくる。

「ボス部屋に入ったら、いつも通りスフォルは闇魔法で牽制、俺が斬り込む。できるだけ遠くにいてくれ。攻撃されても助けられないかもしれない」

「わかりました」

扉を押し開くと、スフォルに指示を出して先を歩く。

「ギュオオオオオオオンッ」

ボスが姿を現したところで、俺が勢いよく地面を蹴って、サンドワームに肉薄する。

――ザシュッ！

俺の剣がサンドワームを斬り裂いた。

「ギュオオオオオオオンッ」

しかし、その大きさゆえに致命傷にはならない。

ボス部屋はボスの大きさに合わせて作られていてかなり広い。地面は砂漠の砂だ。

ボスは斬られた後、そのまま地中に潜っていく。

「これじゃあ、攻撃できない。スフォルを攻撃されるのが怖いな」

俺はすぐにスフォルの傍に移動する。

「下からの攻撃に気を付けろ」

「はい!!」

――ゴゴゴゴゴゴゴッ！

案の定、地鳴りが響き、サンドワームがすぐ下から飛び出してきた。

「ちっ」

「きゃっ」

やつの口に飲み込まれる前にスフォルを抱えて飛ぶ。

「スフォル、魔法で攻撃してくれ」

着地した後、スフォルを下ろして指示を出した。

「……」

「スフォル？」

「あ、す、すいません!?　シャドウエナジー!!　シャドウエナジー!!　……」

戦闘中にもかかわらず、急に黙ったスフォル。

何かあったのかと思って顔を見ると、焦ったように謝罪してから闇魔法を連続で放った。

サンドワームに闇属性の攻撃魔法が着弾し、衝撃音を鳴らす。

「ギュロロロロロロロッ」

サンドワームは煩わしそうに身もだえした。

「よし、後は俺に任せておけ」

「え、大丈夫なんですか？」

「まぁな。ウィンドカッター!!」

——スパァンッ！

サンドワームの頭が切断され、細切れになった。

「えぇえええええっ!?　あの魔法ってそんなに強かったんですか!?」

「俺の魔力は三百近いからな。そのせいで威力が大きくなるんだ」

「そうだったんですね。でも、魔法まで使えるんじゃ、私なんて……」

俺の魔法を見てスフォルが急に不安がる。

そういうつもりじゃなかったんだが、フォローが必要そうだ。

「スフォルの闇魔法はダメージを与えるというより、より有利な条件で戦えるようにする魔法だ。俺とは役割が違う。いつも助かっているぞ。だから、そんなことを言うな」

「は、はい」

スフォルは少し落ち着いたようだ。

「よし、次の階を確認しにいこう」

「そうですね」

俺たちは魔石と討伐報酬を手に入れ、三十一階層へと足を踏み入れた。

鬱蒼《うっそう》と茂る森。それが新しいエリアだった。

「なんだか、ジメジメしてるな」

「そうですね。視界も悪いです」

森の中は暗くて湿度がものすごく高い。ものすごく嫌な雰囲気を醸し出している。

「とにかく気を付けながら少し進んでいこう」

「わかりました」

俺たちは辺りを警戒しながら森の中に足を踏み入れた。

――キーッ、キーッ、キーッ。

――ギャー、ギャー、ギャーッ。

少し進んだところで、森の至るところからいくつもの獣の声が聞こえてくる。

「これはどこから攻撃を仕掛けてくるかわからないな」

「そうですね」

知覚できない場所からスフォルを攻撃された場合、かなり危険だ。

「スフォルのレベルをもう少し上げてから来よう」

「わかりました」

俺はこのまま進むのは危険だと判断し、前の階に戻ってスフォルのレベル上げをすることにした。

「俺はサポートに徹するからどんどん倒してくれ」

「わかりました」

俺が手を出すと、スフォルの経験値を奪ってしまう。

スフォルが倒せるだけの敵を連れてきて彼女に倒させるという作業を行う。

最初は多く連れてきたり、逆に少なすぎたりした。

でも、徐々に慣れてきて、倒せるギリギリの数のモンスターを連れてこられるようになった。

もし仕損じた場合、俺が責任を持って倒すので彼女に危険はない。

「あっ……」

時間が長くなってくると、流石にスフォルが疲労からミスをしてしまった。

このままでは、スフォルがモンスターから攻撃を受ける。

「……ウィンドカッター!!」

俺は集まっていたモンスターたちを細切れにした。

「あ、ありがとうございます」

「ちょっと長くなったから少し休憩しよう」

「わかりました」

それから、二十九階層でレベルを上げること二週間。

「どうだ?」

「はい、おかげさまでレベルが五十になりました」

「スキルは？」

「残念ながら覚えませんでした」

「そうか。それじゃあ、ステータスを見せてくれ」

「わかりました」

名前　スフォル・フォルトゥーナ
レベル　50／99（＋10）
能力値
身体　：84（＋18）
精神　：135（＋23）
器用さ　：115（＋18）
抵抗力　：109（＋22）
運　：－395（－50）

運がヤバいことになってるなぁ。

でももう五十か。俺がモンスターを釣ってきてかなり効率的にCランクモンスターを狩っているせいか、レベルの上がりが早い。

名前　ラスト・シークレット
レベル　72／99（＋12）
能力値
身体強度　：335（＋48）
精神強度　：338（＋48）
器用さ　：335（＋48）
抵抗力　：335（＋48）
運　：335（＋48）
スキル
成長限界突破、ステータス上昇値最大値固定、
獲得経験値増加（四倍）、成長速度向上（四倍）、
状態異常耐性（下）、全魔法適性、鑑定（下）、
配下スキル軽減（下）、配下育成（下）

俺はと言えば、レベルアップが減速している。やはりヴァンパイアを倒してから急に必要経験値が増えた印象だ。もしくはランクの低いモンスターから得られる経験値が極端に少なくなっている。

それでも他人より圧倒的に早いが。

まぁここまで来たら、スフォルを育てながらのんびりやっていこうと思う。

そして、今回は育成（下）というスキルを手に入れた。

このスキルは、一人だけだが、対象を自分と同じスピードで成長させることができるという、ヤバい性能を持つ。

つまり、これからスフォルを十六倍速で育てられるようになる。

人を育てるために有用すぎるスキルだ。

こんなスキルが手に入ったのは俺が中ボスという役割《ロール》だからだろうか。

神様は俺に人を育てろと言っているのだろうか。

俺は神様が自分に求めているものが少し気になった。

「俺もレベルが七十になって新しいスキルを覚えた」

「えぇえええええっ!?　早くないですか!?」

「俺は他人の十六倍速でレベルが上がるからな。でもこれからはスフォルも無関係じゃないぞ？」

他人事のように言っているスフォルの肩をポンと叩く。

「どういうことですか？」

「新しいスキルを使えば、スフォルのレベルを十六倍速で上げられる」

「とんでもないスキルですね……」

「だよな。でもこれからもっとレベルアップしていけるぞ」

「それは楽しみですね」

一般役割《ロール》の方が上級役割《ロール》よりレベルアップが早い。

それに、基本的に彼女に倒させているので、すぐに追いつかれそうだ。

思った通り、スフォルのレベルアップは加速していった。

一度街に戻り、換金すると、ステラから声をかけられた。

「ラストさん、少しお話があるのですが、よろしいでしょうか？」

「ああ。俺は構わないが……」

「私も大丈夫です」

応接室に案内された俺たちはソファーに腰を下ろした。

「それで話というのは？」

「既に三十階層を超えているお二人には探索者《シーカー》ランクを上げてもらいたいと思いまして」

「なるほどな。そういうことか」

三十階層まで来ておいてEランクというのは詐欺に近い。

普通ならCランクくらいになっていないとおかしい。

「はい。特にラストさんは明らかにEランクから逸脱しています。それほど強い人物を低いランクのままにしておくのはあまり良くないですから。それにあと一度クエストを受けていただければ、Dランクに昇格できると思います」

「お、もうか？」

そんなに依頼を受けた覚えがないので少し驚く。

「アイアンタートルの依頼を頻繁に受けていただきましたから」

確かに言われてみればアイアンタートルの甲羅って依頼だった。

すっかり忘れていた。

「そういえばそうだったな。わかった。何か依頼を受けたいと思う」

「それではこちらの依頼はいかがですか？」

クエストボードで依頼を受けようと思ったが、逆にステラから依頼を提案してくれた。

彼女は信頼できるのですごく助かる。

「これは？」

「竜臨花《りゅうりんか》と呼ばれる花を獲ってくるという依頼です。報酬は金貨二百枚。貴族からの依頼ですが、質実剛健を地でいく方々なので問題ないかと。この家ではプロポーズで相手に竜臨花を贈るのが習わしだそうで。でも、なかなか見つからない花なので獲りに行って欲しいとのことですね。十年間隔くらいで出されている依頼なので信頼してもらっても大丈夫です」

貴族には探索者《シーカー》を利用する癖に、見下している連中が多いからな。

そういう相手の依頼を受けると、いちゃもんを付けられて報酬が未払いになることもある。

だから、基本的に貴族の依頼はあまり受けたくない。

でも、ステラが自信を持って薦めてくる依頼なら受けてもいいと思う。

「そういうことなら俺はいいぞ」

「一人金貨百枚……私もそれで大丈夫です!!」

俺たちはお互いに頷き合って、その依頼を引き受けた。

■第四章　閾値《しきいち》を超えた代償

「確か、竜臨花は三十階以降の森林エリアにあるって話だったな」

「はい、そうですね」

スフォルと話しながらダンジョンを下りていく。

十九階層、二十五階層、二十九階層で野営して三十一階層に再びやってきた。

名前　　スフォル・フォルトゥーナ
レベル　62／99（＋12）
能力値
身体　　：104（＋20）
精神　　：162（＋28）
器用さ　：137（＋22）
抵抗力　：134（＋25）
運　　　：－455（－60）
魔法
コンヒュ、ポイズン、シャドウミスト、
シャドウエナジー、ハイド、スリープ、

パラライズ、スロウ

名前　ラスト・シークレット
種族　普人族
役割《ロール》　中ボス（2／5）
レベル　77／99（＋5）
能力値
身体　：355（＋20）
精神　：358（＋20）
器用さ　：355（＋20）
抵抗力　：355（＋20）
運　：355（＋20）
魔法
ウィンドカッター、ヒーリングライト、
ファイヤーボール、ウォーターアロー、
ストーンバレット、レイ、シャドウエナジー

最初に来たときとは違い、レベルもステータスも上がっている。それに新しい魔法も覚えて来た。

これなら今までよりも戦いの幅が広がるはずだ。

「ハイド!!」

早速覚えたばかりの闇魔法をスフォルが唱えた。

この魔法は闇で体を覆い、存在をモンスターから隠してくれる魔法だ。

これにより、敵に認識されづらくなったはずだ。

以前足を踏み入れたときのようにモンスターたちの威嚇音が聞こえてこない。

たぶん俺たちが森に入ったことに気づいていないのだろう。

あまり大きな音を立てると魔法が効力が消え、存在が周囲にバレてしまう。

極力音を出さないように気を付けなければいけない。

俺たちは足音を殺しながら森の中を進んでいく。

「ブヒィ」

「ブヒヒィ」

三十分ほど進むと豚のような鳴き声が聞こえてきた。

俺はスフォルにジェスチャーで止まるように言い、一度声がした方へ偵察に出る。

「あれは……オークか」

二足歩行の豚型モンスター。

分厚い肉体で斬撃が通りづらく、魔法にもそれなりに抵抗力のあるモンスターだ。

そのオークが五匹ほどの群れを作って、狼型モンスター、フォレストウルフの肉を喰らっていた。

「あのくらいなら問題ないだろう」

直接見ても、全く威圧感を感じなかった。

それほど脅威じゃないと判断した俺はスフォルのところに戻る。

「この先にオークが五体いる。こっそり近づいて、あの魔法を使ってみよう」

「わかりました」

俺が先導してオークの場所に案内してジェスチャーでやれと指示を出した。

「スリープ!!」

『!?』

オークたちはスフォルの声で警戒するように立ち上がったが、もう遅い。

スフォルの魔法が飛んでいき、オークたちはバタバタと倒れてしまった。

その途端、オークたちの顔を覆った。

俺が先行してオークたちの様子を確かめる。

「すごい効き目だな、スフォル」

「本当ですね……」

オークがあっさりと眠りこけてしまったのを見てスフォルは呆然としていた。

以前までの自分と違い過ぎて面食らっているんだろう。その気持ちは俺もよくわかる。

「よし、スフォル。止《とど》めを刺していってくれ」

「わかりました」

スフォルは、近づいて槍で急所を思いきり突く。

「プギャッ」

痛みで目を覚ますが、既に致命傷だ。

オークはよろよろと立ち上がるが、すぐにもう一度倒れて魔石へと姿を変えた。

「こんなに楽でいいんでしょうか……」

「今まで頑張った結果だ。いいに決まっている」

「そ、そうですよね」

寝ているオークの急所を突くだけの簡単なお仕事。少し前の俺なら同じく不安になっただろう。

「残りも倒そう」

「わかりました」

俺たちはハイドを定期的にかけ直しながら進んでいく。

そのおかげで全く敵に見つからずにこちらから先制して簡単に敵を倒すことができた。

楽勝すぎる。

魔石ばかりが溜まっていく。ここまで来ると俺の仮説はほぼ正しいと言えるだろう。ここまで数百匹とモンスターと戦ってきたのに、アイテムドロップはほんの一握り。以前よりも確率が下がっている。

確実に俺とスフォルの運の開きが影響を与えている。

言えば気にしてしまうだろうし、スフォルには黙っておこう。

それからも探索は順調そのもの。だからこそ俺たちは忘れていた。

こんなときほど油断してはいけなかったということを。

「あっ、アレはワイワイモンキーというモンスターですね」

サル型モンスターが木の実か何かを食べている。

「よし、さっきまでと同じように倒していこう」

「はい」

スフォルがスリープをかけて、自分で思いきり槍を突き刺した。

「キィィィィィィィィィィャァァァァァァッ!!」

その瞬間、凄まじい悲鳴がワイワイモンキーから発せられた。

「キィイイイイイイイイヤァアアアァッ!!」

あまりに大きくて耳にビリビリとした痛みが襲い掛かってくる。

――キキーッ、キーキーキーッ!

どこからともなくワイワイモンキーらしい鳴き声が聞こえた。

その声は数をどんどん増やしながら、俺たちに近づいてくる。

「ちっ、逃げるぞ!!」

「ど、どうしたんですか?」

油断していた自分に苛立つ俺に、スフォルが恐る恐る尋ねる。

「あのモンスター、死ぬ間際の断末魔で仲間を呼び寄せるタイプだったんだ。ワイワイモンキーがここに集まってくるぞ!!」

「それは危険ですね。逃げましょう!!」

俺たちはとにかくその場から離れるために、先へと走る。

しかし、ワイワイモンキーは正確に俺たちに向かってきていた。もしかしたら、ワイワイモンキーが断末魔を発した際に、近くにいた相手を特定できるのかもしれない。

「このままじゃ逃げきれない。迎え撃つぞ」

「了解です。一応、ハイド」

俺たちは止まり、ワイワイモンキーの仲間が来るのを待つ。

スフォルがハイドをかけ直すが、やつらは着実に俺たちの方に向かってきていた。

「モンスターが視界に入ったら、コンフュを撃ちまくれ」

「同士討ちを狙うんですね。わかりました!!　コンヒュ!!」

意図を理解したスフォルが、最初に飛び出してきたワイワイモンキーに魔法をかけた。

「はぁっ!!」

俺は別方向から来たワイワイモンキーを一刀で頭を両断して確実に殺す。

最初は散発的だった襲撃が、どんどん密度が上がり、物理攻撃だけで捌《さば》くのが厳しくなってくる。

「ウィンドカッター!!」

森の中で炎系魔法はご法度。

攻撃範囲の広いウィンドカッターで襲いくるワイワイモンキーを切り刻む。

複数の風の刃で体をバラバラにしてしまうので、断末魔を叫ばせないで済むところがいい。

スフォルが敵を混乱させて同士討ちを狙い、俺が正気のワイワイモンキーを次々魔法で切り裂く。

一発で十匹以上バラバラになるが、数が全く減らない。

いったい何匹いるんだよ、こいつら……。

この階層全体のワイワイモンキーが集まってきていると言われても信じられる。

幸い気を付けていれば受けるダメージは少ない。このまま耐えていればどうにかなりそうだ。

「す、すみません、魔力切れです……」

数十分ほど戦い続けていると、スフォルの魔力が切れてその場にへたり込んでしまった。

「ちぃっ」

スフォルを背に隠す形で彼女の前に立ち、減る気配のないワイワイモンキーを捌き続ける。

「はぁ……はぁ……はぁ……はぁ……もう無理……」

「ですね……」

それからさらに一時間以上戦い続け、ようやくモンキーたちが襲い掛かってこなくなった。

俺たちは疲労困憊《こんぱい》になってその場に大の字になっている。

今回は完全に油断していた。猿型ということしか覚えてなくてこんな失態を犯してしまった。

「スフォル、悪かったな。俺のミスだ」

「いえ、私の方こそ申し訳ありません」

「いやいや、俺がリーダーだからな。俺がちゃんとしなきゃいけなかった」

「気にしないでください。そのおかげでレベルが上がりましたし、魔石も沢山手に入りましたから」

俺が頭を下げると、逆にスフォルにフォローされてしまった。

年下の女の子に気を遣わせるとかダメダメすぎる。

「二十九階層に戻ろう。この階や三十階層じゃちゃんと休むのも大変だからな」

「そうですね。行きましょうか」

三十一階層にはボスを倒した探索者《シーカー》が来るし、三十階層はボス待ちの探索者《シーカー》がたむろしている。

モンスターは怖いが、一番怖いのは人間だ。ダンジョンの中では殺されても証拠が何も残らない。

二人では、見張りが足りない。階層をズラして冒険者が少ない階層で休んだ方がいい。

俺たちは少し回復した後、スフォルのハイドで身を隠し、二十九階層まで戻って野営した。


「今日はワイワイモンキーには気を付けていこう」

「了解です!!」

再び三十一階層まで下り、気配を消して森の中を進んでいく。

オークはスフォルに任せ、ワイワイモンキーは、俺が一撃で確実に殺した。

「なんとか森の中でまともに動けるようになってきたな」

「そうですね」

森での活動も慣れてきた。ワイワイモンキーにさえ気を付けていればいい。

——キキーッ、キーキーキーッ。

遠くでワイワイモンキーの断末魔が聞こえる。

俺たちと同じようにここに来たばかりの誰かがミスをしたのだろう。

「あぁ～、誰かやっちゃったみたいだなぁ……」

「そうですね」

「うーむ」

誰だか知らないがこのままだと、下手をしたら死ぬ可能性がある。

このまま見て見ないふりをしていいのだろうか。

いや、それじゃあ、俺を助けてくれたリフィルに顔向けできない。

「どうしたんですか？」

「いや、助けに行こうかと思ってな」

「えぇぇぇぇぇっ⁉　また昨日みたいになっちゃいますよ？」

俺の答えを聞いたスフォルが信じられないという顔をする。

その反応は当然だよな。死ぬ可能性がある場所に自ら突っ込んでいくんだから。

「俺が探索者《シーカー》になったのは憧れた人が探索者《シーカー》だったからだ。その人は俺を助けてくれた。だから、助けられる命があるのなら、助けてやりたいんだ」

「そう……ですね。確かにラストさんの言う通りです。私は少し嫌な人間になっていました……」

スフォルがしょんぼりと反省する。

でも、探索者《シーカー》としてはスフォルの方が正解だ。

俺のように自らの命を危険に晒すのは自殺行為だ。

「いや、スフォルの考え方が正しい。探索者《シーカー》は自己責任でダンジョンに潜っている。ダンジョンは命がけだ。自分の命を守るのが最優先に決まっている。それは忘れないで欲しい。でも、俺には助けられるだけの力がある。この力を授かったのは、こういうときに使うためだと思っただけだ」

「わかりました。私もラストさんと一緒なら力になれるはずです。一緒に行かせてください」

スフォルは真剣な表情で胸の前でグッと拳を握る。

「わかった。無理はするなよ」

「はい」

本当は待っていてほしいが、離れたら離れたで、何が起こるかわからない。

心配なので結局連れていくことにした。

俺たちはワイワイモンキーの声がする方に駆け出した。

「いたぞ」

スフォルにジェスチャーで方角を伝えて、方向を変える。

視線の先では、一つのパーティが無数のワイワイモンキーに囲まれて逃げ場を失っていた。

「おい、お前ら、助けはいるか!!」

「助けてくれるのか!?　頼む。魔石もドロップも全部やる。金も払うから助けてくれ!!」

「わかった。任せろ!!」

俺たちは戦闘に介入する。

「ウィンドカッター!!」

「シャドウエナジー!!」

俺たちの魔法が炸裂してワイワイモンキーの群れの一部が消滅する。

その光景にワイワイモンキーたちが動きを止めた。

「すげぇ……」

「俺たち助かるのか?」

「ありがてぇ……」

冒険者たちが涙を流す。

しかし、今は気を抜いていい場面じゃない。

「お前ら、呆けてんじゃねぇ!!　これからが本番だぞ。気張れ!!」

『は、はい!!』

俺が檄《げき》を入れると、冒険者たちが改めて武器を構えた。

『キキーッ、キキキィイイイイッ』

ワイワイモンキーは俺たちも襲う対象にしたようだ。

俺たちと襲われていたパーティに分かれて襲い掛かってくる。

「ウィンドカッター、ウィンドカッター、ウィンドカッター、ウィンドカッターッ」

レベルが上がった俺のウィンドカッターの切れ味はさらに鋭く、広くなっていた。

殲滅《せんめつ》スピードも上がっている。

「コンヒュ、コンヒュ、コンヒュ……」

スフォルも同じで彼女の魔法の効果範囲が広くなっている。一発で四、五匹は混乱に陥っていた。

これなら昨日ほど時間はかからないな。

それから数時間、俺たちはワイワイモンキーの殲滅作業に従事した。


「助けていただいて、ほんっとうにありがとうございました!!」

このパーティは疾風旅団という名前で、構成メンバーは五人で全員男。

見た目は俺よりも若くて二十代前半くらい。俺に話しかけてきたのがリーダーでアルマンという。

女を入れるともめてパーティ解散なんてよくある話だから入れていないらしい。

ここにいる時点で有望なパーティだが、俺たちと同じように調子に乗ったのかもしれないな。

「いやいや、気にしなくていい。俺たちが勝手にやったことだ」

「ふはははっ。謙虚な方ですね。最初にお話しした通り、ワイワイモンキーからドロップしたアイテムは全て差し上げます。それでお金の方なんですが……」

アルマンはものすごく言いづらそうに話を切り出した。

払うとは言ったものの、持ち合わせが少なくて申し訳ないのだろう。

「いくらでもいい。払いたいなら払ってくれ。払いたくないなら払わなくていい」

「いえ、払います。ただ、あれだけのモンスターから助けていただいて申し訳ないのですが、これしか持ち合わせがなくて……」

俺としてはそんなものが欲しくて助けたわけじゃないのでどうでもよかった。

でも、これは彼らの誠意。受け取らないのは失礼だろう。

「それで十分だ。気が咎めるようなら街に戻ったら飯でも奢ってくれ」

「わ、わかりました!!　本当にありがとうございました!!」

「「「ありがとうございました!!」」」

俺が受け取ると、彼らは感謝の言葉と共に俺たちに頭を下げた。

「俺たちも通った道だからな。次からは気を付けて行こう。それじゃあ、俺たちは行くから」

「はい、街に戻ってきたら、連絡してください。おすすめの店に連れていきますよ」

「わかった。楽しみにしている」

アルマンと挨拶を交わし、俺とスフォルは彼らと別れて歩き出す。

昨日よりワイワイモンキーをスムーズに殲滅できたので、まだ夜には時間がある。

「今日は先に進もう」

「わかりました」

気を付けながら進むことで、その日のうちにどうにか次の階層まで辿り着けた。

「やっと抜けられましたね」

「だなぁ。三十一階層の方が安全だから一度休んでから竜臨花を探そう」

「そうですね」

三十一階層で野営をして一夜を過ごした。次の日、俺たちはすぐに行動を開始する。

「確か、森の中でも日当たりの悪そうな場所に生えるとか、聞いたな」

「もっとジメジメしてるところってことですか……」

ただでさえジメジメしているのに、もっと湿度が高い場所とか嫌になる。

「そうかもなぁ。花って言ってるけど、実はキノコなんじゃゃないか？」

「それはあり得ますね」

ハイドで身を隠し、見つけた敵は速やかに殲滅。慎重に森の中を散策していく。

三十二階層では、ワイワイモンキーに襲われている探索者《シーカー》はいなかった。

彼らを避けながら竜臨花を探す。

数時間ほど探しているが、なかなか見つからないというだけあって、一向に見当たらない。

このままじゃ埒《らち》が明かなそうだな。

「誰かに聞いてみるか？」

「うーん、あまり関わらない方がいいと思いますけど……」

「それはそうなんだよなぁ」

言葉にしてみたが、スフォルは乗り気じゃないし、俺も本気じゃない。

ダンジョン内では緊急事態でもない限り、お互い関わらないのが暗黙のルールだ。それなのに関わろうとする同業者はかなり怪しい。

「諦めずに探してみるか」

「そうしましょう」

俺たちは再び、できるだけ見落としのないように森の中を探していく。

しかし、いつの間にか暗くなってきてしまった。

「これ以上は無理そうだ。次の階層に行こう」

俺たちは探している最中に見つけた階段に向かった。

その後、適宜野営をしつつ、三十三階層～三十九階層まで隈《くま》なく探したが、どこにも竜臨花は見つからなかった。

「もう、次の階層に懸けるしかないですね」

「そうだな」

一縷《いちる》の望みを懸けて俺たちは四十階層を探し始める。

「スリープ!!　やぁっ!!」

スフォルももう慣れたもので、敵を見つけたらスムーズに倒せるようになった。

「やっぱりない」

「ホントですねぇ。森エリアの階層はほとんど探したと思うんですけど……」

もう最後の階層になるが、全く見当たらない。

まさかここまで見つからない花だとは思わなかった。

金貨二百枚だもんな。そりゃあ、簡単な依頼じゃなくて当然か。

「探してない場所と言えば、後はこの階層と最初の三十一階層だけなんだよなぁ」

「どうにかここで見つかってくれるといいですね」

「そうだな」

漏れのないように歩いているが、今のところ見せてもらった絵のような花はない。

だが、最後の最後で幸運の女神が微笑む。

「あっ!!　もしかしてあれじゃないですか!?」

「確かにギルドで見せてもらった絵とピッタリ一致するな!!」

「ですね!!　良かったたぁ!!」

竜臨花を見つけた、俺たちは無邪気に喜び合っていた。

この後に起こることも知らずに。

俺は気づくべきだったんだ、竜臨花が見つからなかった理由に。

そして、既にトラブルに巻き込まれているという状況に。

俺たちは意気揚々と竜臨花のところに歩いていく。

――パァアアアッ！

しかし、竜臨花まであと数歩というところで地面に魔法陣が描き出されて光を放つ。

「逃げろ!!　スフォル!!」

「ラストさん!!」

その魔法陣はランダムでダンジョンのどこかに転移させてしまう罠。

俺たちはその罠にまんまと引っかかった。

次の瞬間、俺とスフォルの体は真っ白な光に包まれてしまった。


気づけば俺たちは一～十階層とは雰囲気の違う洞窟エリアに突っ立っていた。

禍々《まがまが》しい紫色の岩肌に、血のような赤い霧がうっすらと満ちている。

「ここは……」

「いったいどこなんでしょうね……」

幸い二人が逸れることはなかったが、問題なのは今いる階層がどこなのかということだ。

二人で話すが答えは出ない。流石に森林エリアの先の情報までは集めていなかった。

出てくるモンスターで把握するしかなさそうだ。

「とりあえず、動かなければ始まらない。ハイドで隠れながら進んでみよう」

俺たちは洞窟を当てもなく進んでいく。

「あれは……オーガ⁉」

視界に入ったのは額に二本の白い角が生えて、身長が二メートル以上あり、ホブゴブリンをさらに筋骨隆々にした見た目のモンスターだ。

「オーガは確か六十階層以降に出てくるモンスターですよね。つまりここは……」

「六十階層より先ってことだろうな」

お互いに顔が青くなる。

六十階はAランクの探索者たちがメインで狩りをする場所。

Bランクまで上がれる人はそれなりにいるが、Aランクになるとその数はグッと減る。

なぜならAランクに上がるには普通の上級役割《ロール》では難しいから。

特殊な上級役割《ロール》か、最上級役割《ロール》に進化した人でなければ対抗できない。

それだけの力が必要になる。完全に未知の領域だ。

「それってやばくないですか？」

「そりゃあヤバい。転移の罠の結果としては最悪だ」

転移の罠はランダムと言いながら、ある程度その結果についてはわかっている。

ダンジョンの大体上下三十階のうちのどこかの階層に飛ばされるということだ。

上層に三十階分転移したら笑い話で済むが、下層に三十階分も飛ばされたらまず助からない。

俺たちは運が悪い。だけど、幸いと言っていいかはわからないが、お互いにステータスが高い。

とにかくできるだけ敵を避けて元の場所に戻るのが最善だろう。

「スフォル、ハイドを頼む」

「はい」

俺たちはハイドで隠れながらダンジョンを遡《さかのぼ》ることにした。

◆　◆　◆

「グォッ」

「ちっ、気づかれた。やるぞ、スフォル」

「はい、ラストさん」

ハイドで隠れていたはずだが、この階層のモンスターにはすぐに気づかれてしまった。

こうなったら、戦いながら進む以外ない。すぐに戦闘態勢へ移行し、俺は距離を詰める。

「パラライズ!!」

「グガッ!?」

その間にスフォルの魔法が直撃して、相手を痺《しび》れさせて、動けなくする。

ただ、相手が強すぎて拘束は一瞬で解けてしまった。

でも、それで十分だった。俺の一撃がオーガを襲う。

「はぁっ!!」

「グギャアアッ」

しかし、俺の攻撃は相手の肩を捉えるはずが、腕を斬り飛ばすだけにとどまった。

オーガが体を無理やり動かして攻撃場所をずらしたせいだ。

しかも、ゆっくりと腕が生えようとしていた。

オーガには再生能力が備わっていると聞いたことがある。これがその力か。

「グガァアアアッ!!」

「ちっ」

腕一本くらいでオーガの動きが鈍ることはなく、すぐに反撃してきた。

速い。

今まで戦ってきて初めて相手の攻撃が速いと感じた。

でも、俺の体と能力値はやはり異常になっていたんだろう。

そんな攻撃もなんなく躱せる目と身体能力が俺には備わっていた。

「はっ」

「グギャアアアアッ!?」

躱して背後に回り、振り返りながら剣を振るう。

足が飛んだ。オーガはその場に倒れて動けなくなった。

「スフォル!!」

「はい、シャドウエナジー!!」

「ウィンドカッター!!」

「グガァアアア……」

動けなくなったところで二人同時に魔法を放った。それが止めとなってオーガは息絶えた。

「とりあえず、倒せないことはないな」

「すごいです!! オーガを倒すなんてAランク探索者並みですよ!!」

「ステータス的に倒せて当然だが、実際に倒すと改めて実感が湧いてくるな」

Aランクモンスターもさほど苦にすることなく倒せたという事実は俺の気持ちを高揚させる。

だって、SSSランク探索者《シーカー》であるリフィルに追いつけているような気がしたから。

ただ、リフィルは特級役割《ロール》の「銀月の剣姫」。

特級役割《ロール》は最上級役割《ロール》よりもレアで、世界中に数百人しかいないと言われている。

特級役割《ロール》はレベルが上がるごとのパラメータ上昇値がすごく高いし、スキルが増える可能性も大きい。

だけど俺は、あとレベル二十くらいでレベルが上限。それで能力値とスキルは打ち止めだ。

リフィルに追いつけるのか少しだけ不安になる。

いや……レベルが上限になったとしても、俺はどんな魔法でも覚えられる。

強い魔法を沢山覚えれば、さらに奥の階層でも戦えるはずだ。

それに経験や技術を磨けば、ステータスだけでは到達できない場所に行けるだろう。

能力を底上げする装備や装飾品もある。

二十五年頑張ってきたんだ。この程度で諦めるのはまだ早い。

「よし、多数の敵との戦闘は避けつつも、少数なら倒して進んでいこう」

「わかりました!!」

俺は気を取り直し、スフォルに声をかける。

ハイドで完全に避けることは難しい。それなら相手が気づく前に奇襲して倒していく方が安全だ。

俺たちはできるだけ静かにモンスターを倒しながら上層を目指した。


順調に階層を上っていた。

「はぁ……はぁ……はぁ……はぁ……」

しかし、そろそろスフォルの体力が限界だった。

極度の緊張に晒されて精神が摩耗し、今日はこれ以上戦える状態じゃない。

俺たちは一度休むことにした。体調を万全にしておくことは探索者《シーカー》として大事なことだ。

少し開けた場所でテントを張る。

「すみません、ご迷惑をおかけして……」

「気にするな。しっかり休むことに集中しろ」

「はい……ありがとうございます」

スフォルはテントの中ですぐに眠りに落ちた。

「さて、スフォルが回復するまで一歩も通さねぇぞ？　てめぇら」

俺は外に出て、ずっと気配を感じ取っていたモンスターたちに向かって啖呵《たんか》を切る。

モンスターが奥の入り口からぞろぞろと姿を現す。

「全く……ツイてるな」

たぶんこいつらはスフォルのスキルが呼び込んだトラブルだろう。

でも、俺にとっては最高の経験値稼ぎの相手だった。

レベルの経験値的にも、戦闘の経験値という意味でも。

「かかってこいやぁあああっ!!」

俺は叫び声を上げて敵に飛びかかる。

「はぁっ!!」

「やぁっ!!」

「せいやぁああっ!!」

洞窟内を縦横無尽に駆け回り、速さを活かして敵を翻弄《ほんろう》していく。

敵の攻撃を受けないようにモンスターを壁にしたり、側面や天井を使うことで立体的に動いたりして、的を絞らせないようにしながら、敵を一匹、また一匹と殺した。

「はぁ……はぁ……なんとか……なるもんだな……」

ざっくり数えて四十匹。

流石Aランクモンスター。単体ならどうにかなっても、群れは驚異的だと身をもって知った。

それでもなんとか乗り切った。

「ふぅ……」

俺は息を整えてテントの傍に腰を下ろすと、剣を地面に突き立てる。

スフォルが起きるまであと何回来るか。逆に楽しみだ。

「ラストさん、おはようございま……えぇぇえっ!?」

「おう。おはよう。どうだ？　体は良くなったか？」

俺の姿を見てスフォルが驚く。

それもそのはず。至るところがボロボロになっているんだから。

おやっさんの装備もAランクのモンスター相手では、無傷とはいかなかった。

「はい、おかげさまで。随分ボロボロになってますけど、大丈夫なんですか？」

スフォルはテントで休んですっかり元気になっている。これなら先に進めそうだ。

「なに、モンスターの攻撃が防具にかすっただけだ。問題ない」

「そうですか……それなら良かったです」

元気な様子を見せると、スフォルは安堵の息を吐いてから微笑む。

彼女を守れたのならこの防具たちも本望だろう。

「スフォルも起きてきたし、軽く食事をしたら、上に進もう」

「わかりました」

食事を取って再び探索を再開。丸一日かけてようやく次の階段を見つけた。

ダンジョンは下に行けば行くほど広くなるとは言うけど、ここまで広くなるとは思わなかったな。

「あっ。この階段。六十階層に続いてるやつですよ」

「ホントだ」

ボス部屋の次の階層に続く階段にはわかるように目印がついている。

そのおかげでここが六十一階層だとわかった。

ボス部屋は下層から戻ってくる場合、通常ボスは出現しない。

じゃあ、通常じゃない場合はどうなのか。

今回のように転移でボスを倒さずに下層に行ってしまった場合はボスが出現する。

つまり、俺たちはこれから六十階層のボスと戦わなければならない。

「スフォル、準備はいいか？」

「はい、いつでも大丈夫です」

「わかった」

俺たちは覚悟を決めて階段を上っていく。

前のパーティが戦っているなら階段側の扉も閉まっている。

今は開いているので、誰も挑戦していないということだ。

「行こう」

「はい」

二人で六十階層に足を踏み入れる。扉が閉まる。

「こ、怖いです……」

ボスモンスターが現れた瞬間、俺の外套が引っ張られた。

俺の後ろでスフォルが俺の外套を掴んでいる。

彼女は顔を青くして体を震わせていた。

無理もない。出現したボスからはオーガ以上の威圧感が発せられていた。

まだ一度も進化《クラスチェンジ》していないスフォルにとっては雲の上の存在だ。

その恐怖は想像に余りある。

「大丈夫だ。今まで通りなんとかなる」

「は、はい」

「行くぞ」

安心させるようにスフォルの頭を撫でてから後ろに下がらせ、剣を抜いて前に出る。

また撫でてしまったが、今はそれどころじゃない。

巨大なスケルトンナイト。ギガントスケルトンナイトはその手に持つ大剣を構えた。

やっぱり階層ボスは普通のモンスターとは格が違う。あんな大剣で斬られたら一溜まりもない。

しかし、それでも今の俺なら負ける気はしない。

「カタカタカタカタッ!!」

ボスが俺をあざ笑うかのように口をカタカタと鳴らした。
俺はスフォルを巻き込まないように、自ら距離を詰める。
――ギギギギギッ!!
ボスの間合いに入ると、鋭い剣戟《けんげき》が振り下ろされた。
俺は魔鉄剣を斜めに構えてその剣を逸らす。
ズンッと手に重さが加わり、剣同士の摩擦で火花が散る。
正面から受けていたら剣が折れていたかもしれない。
ボスの大剣が地面に打ち付けられて轟音《ごうおん》を鳴らし、砂煙が上がった。
俺はその振り下ろされた腕に乗り、ボスの体を駆け上がる。
ボスは左手で俺を捕まえようとするが、その攻撃を巧みに躱して顔の近くまで迫った。
能力値三百を超えている俺には造作もない。
「はぁっ!!」
俺は思いきりその頭に向かって剣を斬りつける。
――ガキンッ!
さしものボスも一筋縄ではいかず、俺の剣戟を歯で挟んで受け止めた。
デカい癖に器用なやつだ。
「ちっ」
俺は剣の柄《つか》を持ったまま反動を利用してボスの横っ面を蹴り飛ばす。
その衝撃でスケルトンの口が開き、剣が解放された。

後方に跳んだ俺は、クルクルと回転してから地面に着地。

「強いとは思っていたが、なかなかやるな」

「カタカタカタカタカタッ!!」

額に汗をかきながら見上げると、眼窩《がんか》の奥にある赤い球体の光が歪み、楽しそうに歯を鳴らした。

こいつ楽しんでやがるのか？　まぁこのくらい張り合いがあった方が楽しいのはわからないでもないが、そういうのは守るものがないときにしてくれ。

俺は後ろで心配そうに見つめるスフォルをチラリと見る。

今はこの子を地上に帰すのが先だ。

次は遊んでやるから今は止めを優先させてもらうぞ!!

俺は様子見を止めて全力を出すことに決めた。

――ドンッ！

地面を思いきり蹴ってスケルトンに肉薄する。

「!?」

スケルトンは急に速くなった俺を捉えることができずに狼狽えた。

俺は今までと同様に足を斬り飛ばす。

狙うは胸の奥にある核。スケルトンは核を破壊しないと再生してしまう。

まるでだるま落としのように足を斬り飛ばし、ボスを地面に倒れさせた。

ボスの胸の上に乗り、脈動するように明滅する球体を刺し貫く。

――パキンッ！

まるでガラスが割れるような音が鳴り、核全体に罅が入った。俺はボスからすぐに飛び降りる。

「カタカタカタカタカタッ……」

その瞬間、動きが弱々しくなり、操り人形の糸が切れたようにその場に崩れ落ちた。

「ふぅ……これで終わりか……」

俺は剣を払ってから鞘に収めた。スフォルが俺に向かって駆け寄ってくる。

「ふぅ……なんとか切り抜けたな」

「お疲れ様でした。少し休みますか？」

「いや、大丈夫だ。すぐに次の階に行こう」

「うーん、そうですか、わかりました」

スフォルは心配そうだが、この程度はどうってことはない。

それよりも一日も早くスフォルを地上まで連れて帰りたかった。

俺たちはその場を後にするため、扉の方に歩き出した。

「ラストさん、後ろ!!」

そのとき、俺の背後に気配が現れる。

スフォルの叫び声と共に俺は振り返った。そこには確かに倒したはずのボスの姿があった。

俺は気づくべきだった。ボスが消えていなかったことに。魔石や討伐報酬が出ていないことに。

立ち上がったボスは先ほどとは違い、俺と同じくらいの大きさに変化していた。

侍のような鎧を身に着け、手が六本になり、その全てに刀と呼ばれる片刃の剣を持っている。

――ゾワリッ。

俺は全身が総毛立つのを感じた。

先ほどまでのボスとは全く別の存在だ。その体からはまるで炎のように紫色のオーラが立ち上る。

聞いたことがある。六十階層以上のボスは、変異して復活することがあるということを。

「スフォル!!」

「え？」

「くっ」

スフォルの名前を叫ぶが、彼女は何が起こったのかわからずに間抜けな声を漏らす。

――キィイイイイイインッ！

彼女の前に割り込んで構えた。名前を呼んだのはボスがスフォルの方に攻撃を仕掛けたからだ。

しかし、彼女にはボスの動きが見えなかった。剣と刀がぶつかり合って甲高いハーモニーを奏でる。

俺は力を込めて弾き飛ばした。

ただ、ボスにはまだ二対の腕が残っている。

その腕を使って連続で斬撃を繰り出してきた。

俺はそれをどうにか受け止める。二本の腕じゃない相手との戦いに慣れない俺は防戦一方。

――キンキンキンキンキンッ！

単純に俺の六倍の手数はかなり脅威だ。

「ちっ」

ただ、相手もスフォルにまで手を出す余裕はなさそうだ。

俺はボスの攻撃をしのぎながら徐々に目を慣らしていく。

一撃受けるごとにボスの動きが見えるようになり、少しずつ対処に余裕が出てきた。

よし、今だ!!

俺は少し強めに攻撃を弾き返して、相手の隙を作って攻勢に出る。

――キンキンキンキンザンッ!

今度は俺がボスを押していく。

俺の攻撃の速さと勢いにボスも少しずつ対応が遅れ、初めて俺からの攻撃をその体に受けた。

それから、相手が被弾する回数が増えていく。

このままいけば倒せる。

そう思ったときだった。

「カカカカカカカカカカッ」

ボスが骨の歯をカタカタと壊れたように何度も鳴らす。

その直後、ボスの骨の色が赤黒く変色し、剣の一撃一撃が重く、そして速くなった。

強さが増して再び防戦を強いられる。

「ちっ!!」

ここからさらに強くなるとは思わず、自然と舌打ちしてしまった。

「スフォル!! 俺の後ろに移動しろ!!」

「は、はい!!」

俺はボスの攻撃をなんとかいなしながらスフォルに声をかけた。

彼女は俺の指示を受けてすぐに俺の背後に回る。俺は必死に攻撃を捌く。

——チッ。

斬撃をいなしきれずに頬に傷を負う。しかし、その程度は怪我のうちにも入らない。

「カカカカカカカカカッ」

「うぉおおおおおおおっ!!」

まるで笑うかのように歯の音を鳴らすボスと、致命傷になりかねない攻撃をいなして斬り返す俺。

——ピシリッ。

いつまでも続きそうな剣戟の嵐。しかし、次の瞬間、その嵐に終わりが見えた。

その理由は俺の体力が尽きたわけではなく、ボスの体の骨に亀裂が入り、攻撃が鈍ったせいだ。

おそらく今の状態は一種のブースト状態だったのだろう。

「うぉおおおおおおおっ!!」

俺はここぞとばかりに剣のスピードを上げる。

——ピシッ。

——ピシッ。

——バキッ。

ボスの骨の罅は攻撃を防ぐたびに増していき、ついに大きな亀裂が入って腕が動かなくなる。

一本、二本、三本……攻撃を受けるたびに腕が粉々になり、最終的に全ての腕を失った。

「これで終わりだ!!」

もう攻撃も防御もできなくなったボスに対して、俺は頭上からまっすぐに剣を振り下ろした。

――ズバァンッ！

ボスはなす術なく俺の斬撃を受け入れ、真っ二つに割れる。

そして、ふらりとその場に崩れ落ちた。

「止めだ!!」

最後に再生を封じるために、暗い赤色をしたボスの核を刺し貫く。

――パリンッ！

核はあっけなく割れ、燐光を放って消えた。

これで今度こそ本当に階層ボスとの決着がついた。俺はその場に膝をつく。

「はぁ……はぁ……」

今回のボスはなかなかしんどかった。

まさか進化するとは思わなかったし、途中でさらに強くなるとは思わなかった。

レベルが上がってなかったら到底倒すことはできなかっただろう。

「だ、大丈夫ですか？」

「あ、ああ……問題ない」

攻撃をもろに受けたわけでもない。

辛いのは絶え間なく続いた攻撃を捌き続けたことによる身体と精神の疲労だけだ。

それも暫く休めば回復するだろう。

ドロップしていたアイテムは俺のカバンに吸い込まれていった。

なんのアイテムかはわからないが、六十階だし、かなりの値打ちがあるのではないかと思う。

「ふぅ……先に進もう」

「大丈夫なんですか？」

「ああ。今は先に進みたい」

「わかりました」

地上までまだかなり距離があるので俺は休むよりも先に進むことを選択した。

その階からは順調そのもの。

ボスを倒したことでレベルがさらに上がったため、モンスターが倒しやすくなったおかげだ。

このままいけばあっさりダンジョンを抜けられるのではないか、そう思えた。

しかし、その目論見《もくろみ》は崩れ始める。

なぜか途中からモンスター部屋に何度も遭遇したり、モンスターパレードが何度も起こったり、罠で下の階に落とされたり、冬の階層では猛吹雪になったり、溶岩エリアでは溶岩が溢れて道を塞いだりと、徐々におかしなことが起こり始めたせいだ。

そのおかげで、四十一階層まで辿り着くのに一カ月もかかった。

その頃には、俺とスフォルのレベルが滅茶苦茶上がっていた。

名前　ラスト・シークレット
レベル　97／99（＋20）
能力値
身体　：435（＋80）

精神　　　　：438（+80）
器用さ　　　：435（+80）
抵抗力　　　：435（+80）
運　　　　　：435（+80）
スキル
成長限界突破、ステータス上昇値最大値固定、
獲得経験値増加（四倍）、成長速度向上（四倍）、
状態異常抵抗力（下）、全魔法適性、鑑定（下）、
配下スキル軽減（下）、配下育成（下）、統率（下）、
威圧（下）

全ステータスが四百に到達した俺のステータス。

四百のステータスと言えば、もはやSランクと呼ばれる、エリートの領域だ。

レベルはあと四しか上がらないが、まだ底上げできるし、さらに奥を目指すのに不足はないだろう。

それに新しく覚えたスキルが二つ。

統率（下）スキルは、一人だけだが対象の戦闘力を五十%上昇させることができる。威圧（下）スキルは中ボスとして通常モンスターにはない威圧感を出して相手に恐怖や畏怖を覚えさせるスキルだ。

威圧（下）スキルを発動している間、モンスターが近づいてこなくなったので野営が楽になった。

名前　スフォル・フォルトゥーナ
レベル　98／99（+36）
能力値
身体　：159（+55）
精神　：252（+90）
器用さ　：207（+70）
抵抗力　：204（+70）
運　：-635（-180）

スフォルのステータスを確認すると、俺たちの運の差が二百ポイントに到達していた。

おそらくここ最近の不運はこの数値のせいだろう。

どうりでトラブルが増えたと思った。

「今日もここまで強行軍だったからな。もう休もう」

「わかりました」

夜以外ほぼ休まずに進んでいるので、夜はきちんと休んでいる。ただし、スフォルだけが。

俺はここまで一カ月以上ほとんど寝ないで過ごしている。

いくら進化して能力値が上がろうとも、疲労と眠気が俺を徐々に蝕《むしば》んでいた。

でも、あと四十階層のボスさえ倒せば、もうボスと戦うことはない。

それにそこまで行ければモンスターも弱くなり、俺が休んでもスフォルだけで対応できるはずだ。

あと少しの我慢だ。問題ない。

「それでは休ませていただきますね」

「ああ」

俺に就寝の挨拶をして頭を下げるスフォルに手をひらひらと振る。

彼女は今でこそ先に休むようになったが、最初はなかなか休もうとしなかった。

そのときはその方が迷惑だと、こんこんと説教をしてやった。

「毎日本当にありがとうございます。地上に戻ったらこの御恩は全身全霊でお返ししますので」

彼女は地上が近づいたことで心の余裕が出てきたのかもしれない。

両手を胸の間でギュッと握って意気込む。

「パーティメンバーとして他のメンバーができないことを補うのは当然だ。礼なんて必要ない」

「嫌です。絶対しますからね!!」

「わかったわかった。好きにしろ」

スフォルに気負わせたくなかったのだが、逆に彼女をやる気にさせてしまった。

なんでだ……。

理由はわからなかったが、彼女の気持ちは収まりそうになかったので諦める。


「よし、ここさえ抜ければ、地上はすぐそこだ」

「はい!!」

一夜が明けた後、俺たちは四十階層のボス部屋に足を踏み入れた。

扉が閉まり、ボスが姿を形作る。

「こいつは……」

「ドラゴン……」

しかし、本来オークキングであった四十階層のボスは、ブラックドラゴンへと姿を変えた。

ブラックドラゴンは九十階層で現れるというボスモンスターだった。

◆　◆　◆

とにかく今は目の前のボスをどうにかしなければならない。

とはいえ、あんなもんどうやったら勝てるのか見当もつかない。

いったいどうすれば……。

「げっ」

考え事をしていると、ブラックドラゴンが口から何かを放ってきた。ブレスだ。

ブレスとはドラゴンが吐く炎の息。ボスのブレスは真っ黒で、絶対に受けてはいないと本能が叫んでいる。

「スフォル!!　俺の背中にしがみつけ!!」

「は、はい!!」

俺はスフォルを放置するのは危険だと判断し、彼女をおぶって、ブレスを回避した。

「やっぱいいな、あれ……」

「受けたら影も形も残らなさそうです……」

ブレスが通り過ぎた後には、生えていた草が消え、何もない地面だけが残った。

俺たちはその光景を見て心から震え上がった。

「ひとまずスフォルを安全な場所に連れていかないと」

「私も戦えます……とは言えませんね……」

このボス相手にスフォルを守りながら戦うのは無理だ。

ひとまず、安全そうな場所に身を隠してもらう必要がある。

彼女もそれがわかったのか、おとなしく従った。

「ファイヤーボール!!」

俺はお返しとばかりに蒼《あお》いファイヤーボールを連発する。

――ドンッドンッドンッ!!

ファイヤーボールは高速で飛翔し、ブラックドラゴンの体に直撃した。

「今のうちにスフォルを移動させよう」

爆発によってドラゴンゾンビの視界が塞がれている間にスフォルの隠れ場所を探すのが目的だ。

壁の一部が少し窪《くぼ》んでいる場所を見つけたのでそこにスフォルを下ろした。

「スフォルちょっと悪いがここに隠れてくれ」

「わ、わかりました。お気を付けて……」

スフォルは申し訳なさそうに俯いて、スカートの裾をギュッと掴んだ。

「ああ。任せておけ」

俺はスフォルの頭をポンポンと撫でて、ボスへと走り出す。

爆発による砂ぼこりが晴れてその姿が見えてきた。

「ふぅ……やっぱりそう一筋縄ではいかないよな」

多少焦げついている部分があるが、ほとんどダメージを受けていない。

こめかみから嫌な汗が流れ落ちるのを感じた。

「グォオオオオオンッ」

苛立たしげに鳴くブラックドラゴン。今度は黒い炎の球を吐き出して攻撃してくる。

俺は右に左に躱しながらやつに迫った。幸い巨体ゆえにスピードが速くないのが唯一の救いだ。

――ガンッ！

思いきり剣を叩きつけたが、思いきり弾き返された。

「グエッ!!」

その隙をつかれてボスの尻尾で横殴りを受ける。

吹き飛んだ俺はボールのようにバウンドしていくが、剣を地面に突き立てて体勢を立て直す。

勢いは止まらず、靴と地面との摩擦で砂ぼこりが舞った。

「ぷっ……ウィンドカッター!!」

血を吐き、痛みを堪えて、ボスに狙いを定められないように走りながら魔法を放った。

ボスに複数の風の刃が襲い掛かる。

――ギャリリリッ！

魔法はボスの体に直撃して金属同士が擦れ合うような甲高い音を鳴らす。

しかし、やはり多少傷が付いた程度でほぼノーダメージ。

「ストーンバレット!!」

間髪入れずに土魔法を放ってみる。

十個以上の一メートルを超える石礫がボスに向かって高速で飛んでいく。

――バンッバンッバンッバンッ！

ボスはそのまま魔法を受けた。

しかし、体に傷をつけることは叶わず、ただ砕け散るだけ。ウォーターアローも同じ結果だった。

まさか今の俺の魔力でもダメージを与えられないとは……。

「こんなんどうやってダメージを与えればいいんだよ……」

状況を打破できそうになくて愕然《がくぜん》としながら独りごちる。

残る魔法は一つ。

「レイ」

最後の属性魔法である光魔法を放った。

レイは真っ白な光線を放つ魔法。白光がブラックドラゴンに直撃する。

「グギャアアアアアアアアッ!!」

「え？」

その効果は大きく、ブラックドラゴンの体を焼いた。

ボスの体の鱗《うろこ》が爛《ただ》れ、少し内部の肉が露出する。他の魔法よりも明らかにダメージを与えていた。

「全属性覚えていて良かったな」

俺はどうにか相手にダメージを与えられる手段が残っていてホッとする。

しかし、それは相手の逆鱗《げきりん》に触れる行為でもあった。

「ガァアッ」

「うぉっ!?」

ボスは先ほどよりも激しく黒炎を俺に連発してくる。

連射速度が高く、躱すので精一杯だ。

くそっ。これじゃあ、魔法を使う暇もない。

防御できれば、一度受けてから魔法を放つが、先ほど見た限り、あの炎は防げそうにない。

でも、この攻撃も流石に無尽蔵ってことはないはず。今はとにかく躱し続けるしかない。

どれほど躱し続けていたかわからないが、徐々にそのスピードが落ちてきた。

余裕が出てきた俺は魔法を放つ。

「レイッ!!」

「グガァアアアアアアッ」

魔法が直撃してやつの体表を焼いた。

よし、炎も止まったし、ここから反撃返しだ。

「レイッ、レイッ、レイッ……」

ドラゴンは俺の魔法を連発で受け、その体から煙を上げる。

流石にこれだけ撃ち込めば、相手も弱るはずだ……。

「!?」

だが、煙の奥に赤い光が見えたと思えば、漆黒の光線が飛んできた。

少し気が緩んだ俺だが、ギリギリのところでその光を躱した。

頬にチリチリとした痛みが走る。

完全には躱しきれずにかすっていた。あと一瞬気づくのが遅ければ、危なかった。

「くっ⁉」

ただ、ボスの攻撃はそれだけでは終わらなかった。

煙を貫くようにいくつもの漆黒の光線が俺に襲い掛かる。それはまるで俺のレイのようだった。

まさか……何度も見ているうちに学習したとでもいうのか？

人間は基本的に魔導書を読まなければ新しい魔法を覚えられないというのに。

しかも、炎よりも連射速度が速く、徐々に俺の体に傷が増えていく。

ちっ……魔法を撃つ暇がない……。

このままじゃジリ貧だ。何か突破口はないのか……。

手持ちでできそうなことを考えるが、今この状況を打破できそうなことがない。

「ラストさん‼」

じりじりと追い込まれた状況の中、スフォルの声が聞こえた。

目の端でスフォルを捉える。彼女は必死の形相で俺の方に走ってきていた。

――ジロリッ。

スフォルの声に反応したボスの視線が彼女の方に向く。

「スフォル、避けろ‼」

「え？」

叫んだ俺の方を間抜けな顔をして見るスフォル。

くそっ!!　間に合えぇぇえええええっ!!

「ぐっ……」

俺は自分の体をボスの光線が貫くのも構わずに彼女の許に走った。

◆　◆　◆

ラストさんは本当に強い。

初めて出逢ったのは沢エリアで数十組目のパーティと一緒に戦っていたときのこと。

彼らは私の役割《ロール》を知っていたけど、パーティメンバーの一人が欠けていて、どうしても人数が必要だったため、運以外のパラメータが高い私を渋々ながら入れてくれた。

最初のうちは大きなトラブルもなく、ダンジョンを進んでいけたけど、十層を超えた辺りから罠にかかることが頻発し、目的地に着く前に彼らとの関係は険悪になってしまった。

「うわぁああぁっ。モンスターパレードだ!!」

「だからこんな疫病神と組みたくなんてなかったのよ」

「メンバーが足りなかったんだからしょうがねぇだろ!!」

そして、極め付きがモンスターパレードの発生。

原因はわかっていないけど、突如として多数のモンスターが発生して襲い掛かってくる災害。

沢エリアのモンスターたちが群れを成して私たちに襲い掛かってきた。

私たちは必死に逃げる。

しかし、徐々にモンスターの群れが迫ってきて、追いつかれるのは時間の問題。

そんな状況の中、私はメンバーの一人に転ばされ、モンスターの前に置き去りにされてしまった。

「もううんざりなんだよ!!」

「あんたの不幸に振り回されるのはごめんよ!!」

「お前が悪いんだからな!!」

「そんな……」

モンスターが目と鼻の先まで近づいてきて、絶望で目の前が真っ暗。

私はここで死ぬんだと悟った。

「ちょっと待っててくれ。すぐに終わらせるからな!!」

「え……」

でも、あわや飛びかかられるというところで、誰かが私とモンスターとの間に割り込んできた。

モンスターを全滅させたその後ろ姿は、私の脳裏に強く焼きついている。

その人こそがラストさんだった。

その後、私を囮にしたパーティの件を解決してくれたり、私なんかをパーティに誘ってくれた。

加入後も、美味しい料理を食べさせてくれて、暖かい布団で寝させてくれて、服も買ってくれた。

こんなに優しくされるのは初めてだった。

私はリミネアからひと月ほどの距離にある村で生まれた。

でも、三歳のときに両親が死んでしまい、叔母の家に引き取られた。

体が小さい上に、あまり器用じゃなかった私は、ご飯をまともに貰えなかった。

貧しい村だったので仕方のないことだと思う。

他人や役立たずにご飯を分け与える余裕なんてない。だから、死なないだけありがたかった。

そして、もうすぐ十三歳になる頃、洗礼の儀に合わせて村から送り出された。

村に戻ってくるなと、少ない支度金を渡されて。

ただ、そのときの私は役割《ロール》次第で良い暮らしができると思い、少し浮かれていた。

でも、儀式を受けて授かったのは『トラブルメイカー』という役割《ロール》。

運が最初からマイナスで、スキルのせいでトラブルばかり呼び込む私は、どこに行っても厄介者。

目の前が真っ暗になった気分だった。

どうしようもなくて探索者《シーカー》になっても、パーティを追い出されてばかりで全然稼げなくて、ダンジョンの一階層の人が来ない場所で眠り、生えている草を食べたりして飢えをしのいでいた。

そんな人生を歩んできた私にとってラストさんの優しさは、太陽のように暖かくて心地よかった。

ラストさんの期待に応えるように、私はダンジョンに一緒に潜ってレベル上げた。

最初から終わりが目に見えていたというのに、そのときの私は嬉しさで目が曇っていた。

レベルが上がり、三十階層を超えたところでギルドから提案された依頼を受けることになった。

その途中で私の『予期せぬ出来事』が発動して、私たちは六十階層以降へと転移させられた。

ラストさんは転移してからずっと私を守ってくれた。どんな敵が襲ってきても、どんな罠が発動しても私に傷一つつけることなく四十階層まで連れてきてくれた。

それほど強いラストさんが苦戦していて険しい表情をしている。

今度は私が助ける番だ。

そう思って隠れていた場所から走り出して叫んだ。

「ラストさん!!」

でも、次の瞬間、こちらをチラリと見たラストさんが必死な顔で叫ぶ。

「スフォル、避けろ!!」

「え？　あっ」

意味がわからなくて呆けた声を出して立ち止まる。

そこでようやく私に向かって突き進んでくる漆黒の光に気づいた。

でも、その光は目と鼻の先。もう躱せない。

そのとき、急に私の体に衝撃が走った。

「きゃあああっ」

何かと思ったとき、私は突き飛ばされていた。

「大丈夫か……？」

体を起こしてみると、私のいた場所に立っていたラストさん。

彼の顔は真っ青になっていた。そして、私は気づく。

ラストさんの左肩の先がなくなっていることに。

血がぼたぼたと落ち、地面を赤黒く染める。

「うっ、くっ……ヒーリングライト!!」

ラストさんが回復魔法を使い、怪我はある程度治ったけど、腕は生えてこなかった。

あぁ、私のせいだ。やっぱりラストさんと一緒にいるべきじゃなかったんだ。

ラストさんは私と違って運のパラメータがすごく高い。

私がここで死ねばラストさんだけでも助かるかもしれない。

「……いいか、スフォル、よく聞け。こいつを使え。頼んだぞ!!」

後悔している私に、ラストさんはそれだけ言ってアイテムを渡すと、ボスの攻撃を必死に防ぐ。

先ほどまでは躱していた魔法を似た魔法で撃ち落としていた。後ろの私に当てないためだ。

そうだ。ラストさんが私のことを諦めてないのに、勝手に私が諦めたらだめだ。

余計なことを考えている場合じゃない。

私はラストさんから渡されたスクロールを開いた。

その瞬間、巨大な魔法陣が床に描かれて光り輝く。

魔法陣の中から複数の何かがせり上がってきた。

それは蟻《あり》型のBランクモンスターであるデスアントだった。

私たちはボスと同時にデスアントの大軍に囲まれる。

これも私の運とスキルが招いたことに違いない。私はそう思って絶望しそうになった。

「スフォル、そいつらを倒せ!!」

だけど、ラストさんの声で正気に戻る。

一瞬何を言っているのかわからなかったけど、少し考えてラストさんの意図が理解できた。

デスアントたちは、ボスとラストさんの魔法の応酬で傷を負っていく。

それなら私にできることは一つだけ。

「やぁっ!!」

私は一番弱っているデスアントから槍で突く。

デスアントを何十匹か倒したとき、私の体に変化が起きた。

視界が真っ白な光に包まれて何も見えなくなった。

◆◆◆

ボスからの黒い光線を防ぎながら、後ろをチラリと見る。

スフォルの体が真っ白に発光していた。つまり、それは進化《クラスチェンジ》の光。

「へへへっ……上手くいったみたいだな」

スフォルに渡したのはモンスター召喚のスクロール(中)。

ヴァンパイアから出た討伐報酬だ。街に戻ったときに鑑定してもらっていた。

使用すると、モンスターの群れを召喚することができる。

(中)の場合は、D~Bランクのモンスターが召喚され、その数は数匹~数百匹までランダムだ。

彼女の運なら一番ヤバいランクのモンスターが多数召喚されるか、レベルが上がらないように一番下のランクで数匹のどちらかだと思っていた。

俺は賭けに勝った。

魔力が高い俺のレイと、ブラックドラゴンの黒い光線が行き交《か》い、デスアントたちの体に穴が開く。デスアントたちは召喚された瞬間、自分たちが次々攻撃されているわけのわからない状況に混乱していて動きが鈍っていた。

その間にスフォルにデスアントを殺させてレベルを九十九に上げた。

これで彼女の役割《ロール》が進化《クラスチェンジ》する。

眩い光が放たれてデスアントたちの目が眩んだ。

その間にもデスアントたちは俺とボスの攻撃で次々と命を落としていく。

「お待たせしました!!　ラストさん!!」

スフォルの進化《クラスチェンジ》が終わったらしく、後ろからスフォルの力強い声が聞こえた。

「来たか!!」

「受け取ってください!!　フィジカルアップ、メンタルアップ、デクスアップ、レジストアップ!!」

スフォルが呪文を唱えると、俺の体に四種類の光が纏わりつく。

その瞬間、体の奥底から力が湧いてきた。これは付与魔法ってやつだ。

それぞれ、身体、精神、器用さ、抵抗力のパラメータを一時的に引き上げてくれる。

つまり、俺の魔法の威力が上がったということだ。

「グウォオオオオッ!?」

そのおかげでボスの黒い光線を打ち消すだけでなく、貫いてボスの体にまで届いていた。

ボスの攻撃が止む。これならボスを倒せる。

「スフォル、暫くここを離れても大丈夫か？」

「はい、問題ありません。サンクチュアリ!!」

俺たちの周囲に白の半透明の膜が半球状に広がり、その範囲からデスアントを押し出していく。

「これで私には近寄れませんし、攻撃も通りません!!　逆にこっちは出入り自由です!!」

「そうか。後は任せろ!!　ウィンドカッター!!」

俺は前方にいるデスアントに魔法を使用する。

『ギシャアアアアッッ』

いつもよりも巨大な緑の刃が生成され、ボスまでの直線上にいるデスアントを細切れにしていった。

「うぉおおおおおおっ!!」

俺はその魔法の後ろを走ってついていく。

「レイッ、レイッ、レイッ……」

デスアントの包囲網を抜けた後、魔法を連発。

「グギャアアアアッ!!」

やはり至近距離で撃った方が、与えるダメージが大きい。

俺は何度も魔法を撃ち続けながら、ボスの傍まで距離を詰めた。

「これで終わりだぁあああああっ!!」

俺はボスの首めがけて跳び上がって剣を振り抜く。

――スパッ。

首回りを念入りにレイで攻撃していたおかげで防御力が落ち、俺の身体能力が上がっているため、あっさりと俺の剣が通った。

俺は着地して剣を鞘に仕舞う。

――ズドォオオオンッ！

首を失ったボスの体がその場に倒れた。

「はぁ……はぁ……」

これでボスは倒せた。残りは呼び出したデスアントを倒すだけだ。

デスアントはオーガより格下。今の俺たちの相手にならない。すぐに一掃できた。

「やりましたね!!　だ、大丈夫ですか？」

「ああ。疲れただけだ……」

その場に膝をつくと、スフォルが俺の許に駆け寄ってきた。

「ハイ・ヒーリングライト!!」

「お、おお!?」

スフォルの魔法で俺の体の疲れと傷が消える。ただ、左腕は生えてこないままだ。

左手一本で九十階層のボス相手にスフォルも俺も死ななかったなら十分な成果だ。

それに、最高ランクのポーションや回復魔法なら腕も治せる。悲観する必要はない。

ただ、俺たちは疲れと進化《クラスチェンジ》で浮かれすぎていた。

「グォオオオオオオッ!!」

後ろからボスの声が叫び声が聞こえた。

振り向くと、首が元通りにくっつき、全身から漆黒の炎が燃え上がるボスが立っていた。

まるで跡形も残らないあの漆黒の炎そのものがドラゴンの形を取っているみたいだ。

「まさかここで進化《クラスチェンジ》するとはな……」

「マズいですよ、ラストさん!!」

先ほど以上にヤバい雰囲気がボスから漂っている。

これは勝ち目がありそうにない。

「え？」

「うそ……」

しかし、そのとき、俺の体が白く発光し始める。

この発光のことはよく知っている。ついさっきも見たばかりだし、俺も少し前に光ったばかりだ。

これは進化《クラスチェンジ》の光だった。

あり得ない。

役割《ロール》の進化《クラスチェンジ》は一度だけ。ずっとそう言われてきたし、事実、二度進化《クラスチェンジ》したという話はない。

だからあり得ないはずだった。しかし、こうして俺は二度目の進化《クラスチェンジ》を果たそうとしている。

え？　なんで？　どうして？

俺の頭の中は混乱でいっぱいになる。

「ぐがっ」

しかし、進化《クラスチェンジ》は俺の戸惑いを待ってはくれない。

体内をかき回されているような痛みが全身を襲い、俺は思わずその場に膝をついた。

「大丈夫ですか!?」

「俺はいい。それよりも来るぞ!!」

スフォルが心配そうに駆け寄ってこようとするが、俺は彼女を制止して備えさせる。

「ガァッ!!」

次の瞬間、俺たち二人をのみ込む大きさの黒炎のブレスが吐き出された。

「サンクチュアリ!!」

スフォルの結界魔法がギリギリ間に合う。

「ぐぅうううううっ!?」

その威力は強く、上級役割《ロール》に進化《クラスチェンジ》したばかりのスフォルには荷が重かった。

彼女は槍を突きたてて、魔法が解けないように必死に粘っている。

そうだ、今はなんで進化《クラスチェンジ》したかなんて考えてる場合じゃない。

進化《クラスチェンジ》するってことは新しい力が手に入るということ。それは俺が今最も欲しているものだ。

早く……早く終わってくれ!!

俺は進化《クラスチェンジ》が終わるように願う。

「もう……だめ……」

――パリーンッ!

ガラスが割れたような音と共に半球の結界が割れて炎が俺たちに襲い掛かる。

「お疲れ様、スフォル、後は任せておけ」

俺は《左腕で》スフォルを支え、右手で軽く剣を縦に振った。

それだけでいいと直感的にわかった。

俺の体にはそれだけの力が溢れていた。

「ははっ。なんとか間に合ったみたいだな」

ただそれだけで、黒い炎のブレスは真っ二つに斬り裂かれて俺たちを逸れた。

「グォッ!?」

まさか自分の炎が斬られると思っていなかったドラゴンは驚いた声を上げる。

「じゃあな」

俺はもう一度剣を振り上げて振り下ろした。

――ズガガガガッ!!

それだけで、地面を斬り裂きながら見えない攻撃がボスへと突き進む。

ブレスをすぐに止められなかったボスは、何もできずに俺の攻撃を受けた。

ボスはそのまま動かなかったが、数秒ほど経つと、真っ二つになり、左右へと倒れた。

中心にあった核が地面に落ちて罅が入ると、赤黒く明滅していた核は力を失い、色を失った。

そして、魔石と討伐報酬が出現し、バッグの中に吸い込まれていった。

「終わったぁ……」

「す、すみません、ラストさん」

「気にするなって」

一時はどうなると思ったが、どうにかボスに勝つことができた。俺はその場にへたり込む。

今はその事実に浸っていたい。

「って、えぇえええええええっ!?　な、なんで左腕あるんですか!?　それに若返ってません？」

ようやく落ち着いてきたスフォルが俺の腕を見て滅茶苦茶驚いた。

「左腕は生えてきた。また若返ってるのか？」

「そんなあっさりと……」

スフォルは俺の反応に困惑気味だ。

進化《クラスチェンジ》したら腕が生えてきて俺もビックリしたが、一回目の進化《クラスチェンジ》で相当変わったからそのくらいあるかもな、と納得できた。それに、さらに若返るとは思っていなかったが、それも理解が及ぶ範《はん》疇《ちゅう》だ。体が最盛期まで若返ってくれてたら嬉しいんだが。

「それにしても、この死体消えないな？」

「とっても重大なことと思うんですけど、そうですねぇ」

スフォルは、唐突な話題の変化に戸惑っているが、話を合わせてくれた。

そして、倒したはずのブラックドラゴンの死体が消えずに残っていた。

一部がドロップするのならまだしも、全部残るなんて初めてだ。

ひとまず、このドラゴンがアイテムバッグに入るか試してみよう。

「おおっ。入ったな」

「ふぁぁああああっ!?　あんな大きなものも入っちゃいました……ただでさえ沢山入っているのに」

「容量が測りきれなかったっていうのは伊達《だて》じゃないな。街に戻ってから確認しよう」

「わかりました」

「ん？　これだけ入らないな？」

しかし、アイテムの中で一つだけぽつんと残されている物があった。

それは大きな楕円形の白い物体。

「これってもしかしたら卵じゃないですか？」

「卵ってまさか……従魔の卵か？」

従魔とは、主人となった相手の命令を聞くモンスターのことだ。

従魔は、基本的に従魔の卵と呼ばれる卵型のアイテムを孵《かえ》すことで手に入れられる。

しかし、なかなかドロップしないアイテムなので手に入れられる探索者は少ない。

そして、アイテムバッグには生物は基本的に入らないので、そのまま残っていたわけだ。

「たぶんそうだと思いますよ」

「まさかこんなところで手に入るとは思わなかったが、嬉しいな」

「はい。どんな従魔が生まれるか楽しみですね‼」

今から楽しみが増えた。

息を整えた俺たちは、ボス部屋の入り口の扉を開く。

――ドォオオオオンッ！

「な、なんだぁ⁉」

その瞬間、扉の向こうから何かが凄まじい勢いで入ってきて壁にぶつかった。

また何か良くないことが起こったのかと思い、身構える。

「むっ。ラストか。探したぞ」

しかし、土煙の中から姿を現したのはリフィルだった。

「な、なんでリフィルがここに⁉」

「何度か連絡をしたんだが、通じなかったからな。何かあったのだと思って探しに来たのだ」

「そ、そうだったのか。俺はこの通り、無事だぞ。あっ」

「おっと」

カッコ悪いところを見せまいと、元気さをアピールしようとしたら足が縺《もつ》れて倒れそうになる。

リフィルがそんな俺を抱きとめて支えてくれた。

「わ、悪い!!」

丁度胸に顔が当たったので、慌てて離れようとするが、リフィルは俺をギュッと抱きしめた。

胸に抱えられているという事実は俺の顔を熱くする。

「気にするな。無事で良かった……」

リフィルは心から安堵したような声で呟いた。

まさかリフィルが心配して俺を探しに来てくれるとは思わなかった。

それは素直に嬉しい。でも、帰ってくると信じさせられなかったのは、まだまだだなと思った。

「リ、リフィル、そろそろ放してくれるか?」

「ああ。すまない」

流石にずっとこんな風に抱きしめられているのは恥ずかしい。

「えっと、そちらの方はもしかして……」

俺とリフィルが離れたところで、スフォルが話しかけてくる。

「やっぱりスフォルも知っていたか。そうだ。リフィル・ヴァーミリオン。SSSランク冒険者だ」

「えぇえええええっ!?　ほ、本物!?」

スフォルも予想はついていたようだが、未だに信じきれないといった表情をしている。

「ああ。よろしくな」

「は、はい。私はスフォル・フォルトゥーナと申します。よろしくお願いします」

スフォルは、リフィルから差し出された手を恐る恐る握った。

「お二人はお知り合いなんですか？」

「ああ。昔、リフィルに命を助けてもらってな。こないだ久しぶりに再会したんだ」

「前に会ったときはこんなに小さかったから、思い出すのに苦労した」

リフィルは手をつまむような形にして言う。

「そんなに小さいわけないだろ」

「はははは。冗談だ。それで、スフォルといったか。君はどうしてラストと一緒に？」

「はい。ラストさんに命を救われまして……その後、パーティに誘っていただいたんです」

「そうだったのか。あのラストがなぁ……」

リフィルは感慨深そうな表情で微笑む。

「なんだよ」

バツが悪くなった俺はリフィルから目を逸らして問う。

「いや、ラストも他人を助ける側になったんだなと思ってな」

「三十年だからな。そりゃあ、変わるだろ」

「……それもそうだな」

肩を竦めて答える俺に、リフィルは何か思うところがありそうな顔で頷いた。

俺何か変なことを言ったか？

次の瞬間にはリフィルの表情が元に戻っていたので、気にしないことにした。

それよりも、早くモンスターのいない場所で寝たい。

「さて、そろそろ帰るとするか」

「うむ。ここからは私が安全に送り届けよう」

俺たちはリフィルに護衛されてダンジョンから脱出した。


「あぁ～、やっと帰ってこれたな」

「はい～」

俺たちは久しぶりに見た本物の空と外の空気に安堵を覚える。リフィルとはダンジョンを出てすぐに別れた。

「このまま帰って寝たいところだが、ひとまずギルドで今回の件、報告しないとな」

「そうですね。ギルドに行きましょう」

防具は至るところが壊れているが、俺たちの体と装備はピカピカだ。

なぜなら、スフォルが新たに覚えたクリーンという魔法は、体や装備も綺麗にしてくれるからだ。

それまでは水魔法でどうにかしていたが、限界だったので非常に助かった。

そのおかげで、俺たちはすぐにギルドへと向かうことができた。

「ラストさん!!」

ギルドに入ると、ステラが受付から飛び出して俺の許にやってくる。

ステラは瞳に涙を浮かべている。

ステラがそんな顔をしている理由がわからず尋ねると、ものすごい剣幕で怒られてしまった。

そういえば、ダンジョンに一カ月以上潜っていて彼女にも連絡できていなかったな……そりゃあリフィルと同じように、心配するのも同然か……。

「あぁ～、すまん。ダンジョンでいろいろあってな……」

「そんなことだろうとは思ってましたが、今まで一度だってこんなに長い期間ダンジョンに潜っていることはなかったので、もう帰ってこないものかと……」

「ホント悪かったな」

ものすごく悲しげな顔をされたので、もう一度謝罪した。

「いえ、無事で本当に良かったです。それで何があったんですか？」

「それがな……」

俺とスフォルはダンジョン探索であったことを二人で聞かせた。

「すみません、また後日お話を伺えますか？　少し休まれてからでいいので……」

ただ、ステラが驚きすぎて途中から驚き疲れ、頭を抱えてしまい、話は中断となった。

「あんたたち!!」

宿に戻るといつものようにミラさんにこっぴどく叱られた後、抱きしめられて無事を喜ばれた。

「小僧無事だったか!!」

その後、おやっさんも来て俺たちの無事を祝う宴会になり、その日は酒を散々飲まされた。

■エピローグ

いつもの帰り道。

「ん？　お前たちか。どうしたんだ？」

俺とスフォルが歩いていると、道を塞ぐやつらが現れた。

それは俺と同期のBランク探索者《シーカー》だった。俺たちの周りをその取り巻きのパーティが囲んでいる。

全員がニヤニヤとした笑みを浮かべていた。

リーダーの男が口を開く。

「君たち、最近随分調子がいいみたいだね？」

「それがどうかしたか？」

こいつらは何がしたいんだ？　全然関係ないだろうに。

しかし、次の言葉でこいつらの目的がわかった。

「そっちは二人だけだし、いろいろ大変だろう？　僕たちのクランに入れてあげようと思ってね」

クランは複数のパーティが所属する、パーティより大きな組織体だ。

有力者や金持ちにスポンサーについてもらうことで、武具や道具の専門の部署を設けたり、しっかりとした教育体制を作ったりして、所属する探索者《シーカー》がよりダンジョン探索しやすい環境を作る。

しかし一方で、クランの規則に縛られ、ノルマを課せられたり、上からの命令があったりして、行動が制限され、抑圧される面もある。

もしクランに入会するのであれば、規則などはきちんと確認しておかなければならない。

つまり、こいつらは俺たちを勧誘したいということらしい。

俺の正体に気づいていないのだろうか。

「はぁ……お前たちのクランなんて願い下げだ」

「なんだと？」

うんざりするようにため息をつきながら返事をすると、戦士の男が片眉をつり上げる。

「お前たち、俺が誰かわかってないのか？」

「……」

「気づいてないのなら教えてやるけどな。俺はお前たちが散々バカにしてくれた『雑魚』のラスト・シークレットだぞ？」

『!?』

やつらが目を見開いて驚く。

その反応だけでこいつらが俺のことを何も知らないことがよくわかる。

たぶんステラがいろいろ情報を抑えてくれていたのだろう。本当にできる受付嬢だ。

「お前は、俺と同じ空気を吸いたくないって言ってたよな？」

「……」

俺は僧侶の女に聞くが、悔しげに口を噤《つぐ》んだままだ。

「だから残念だが、俺たちはお前らのクランには入れないんだ。仕方ないよな？」

俺は残念そうな身振り手振りをして、目の前に立つ四人を無視して先へと進む。

「ふざけんな!!　お前は黙って俺たちのクランに入ればいいんだよ!!」

四人を通り過ぎたところで我慢ができなくなった戦士の男が俺に掴みかかる。

俺はその腕を掴んで思いきり地面に叩きつけた。

「ぐはぁっ!?」

「デリック!!」

その衝撃でデリックと呼ばれた戦士は血を吐いて、そのまま動かない。

それを見ていたパーティの仲間たちが俺に敵意を向けた。

「お前は!!」

「貴様!!」

こっちが迷惑をしている側だというのに、なんでそんな風な目で見られなきゃいけないのか。

本当に面倒くさい。

「黙れ」

『ぐっ!!』

俺の言葉を聞いた瞬間、周りを囲っていた連中は立っていられなくなって、膝をついた。

体をガタガタと震わせて青い顔をしている。

「何を……した……」

リーダーの男だけが、俺を忌々《いまいま》しげに見上げて口を開いた。

流石Bランクの探索者《シーカー》のクランのトップ。他よりも胆力がある。

「少し威圧してるだけだ。これだけで立っていられないお前らが何を提供できるって言うんだ？」

俺は進化《クラスチェンジ》して強くなったスキル『威圧（中）』を囲んでいるやつらに使用していた。

彼らは俺の威圧に耐えられない。それだけで力量が知れるというもの。

俺はリーダーの傍に腰を下ろし、耳元に顔を近づけて呟いた。

「いいか？　俺の役割《ロール》は二度進化《クラスチェンジ》している」

「!?」

それを聞いて驚かないわけがない。だって前例がないのだから。

そして、俺は役割の横に表示されていた数字の意味を理解していた。

「その上俺は、その進化《クラスチェンジ》をまだ二回も残している。その意味がわかるな？」

五分の二が五分の三になっていた。つまり、あと二回俺は進化できるということだ。

目を見開くリーダーに囁《ささや》いて顔を離すと、彼は涙目で首を縦に振った。

「それじゃあ、この契約書にサインしろ」

俺が持ってきた契約書は俺の情報を漏らさないことを記載したものだ。

リーダーは涙目のままサインした。

契約書が炎のように燃えて消える。これは新しいスキル『契約』。

使用することで、契約が魂に刻まれ、契約を破った瞬間にその相手に罰を与えることができる。

「情報を漏らしたら、お前ら死ぬからな。せいぜい気を付けることだ」

スフォルの隣に移動してから告げると、リーダーの顔が涙でぐしゃぐしゃになっていた。

「さて、帰るか」

「はい」

俺たちは這いつくばっている同業者たちを放置して宿へと帰るのであった。

あとがき

皆様、初めまして。ミポリオンと申します。

この度は本書を手に取ってくださり、誠にありがとうございます。

知らない方も多いと思いますので、簡単に自己紹介させていただきますと、二〇二一年より、Web小説投稿サイト『カクヨム』にて本格的に小説を書き始め、二〇二三年三月に作家としてデビューした新人作家です。主に主人公無双系の作品を連載しております。

まさか、本作品を書籍として皆様にお届けできるとは思っておりませんでしたので、このような機会をいただけたことを大変嬉しく思っております。

本作品は、当時『カクヨム』にて、第八回カクヨムWeb小説コンテスト用に投稿していた作品でした。中間選考は通ったものの、最終選考にて落選。残念ながら受賞には至りませんでした。

しかし、この作品を読んだ編集者様にご評価いただき、ぶんか社さまに拾い上げていただく形で、今回書籍化させていただく運びとなりました。このような機会をいただき、本当にありがとうございました。

また、今回イラストを担当していただきました、ごろー*様。非常に私好みで可愛らしいキャラクターを描いていただき、誠にありがとうございました。初めてキャラクターデザインをいただいた時は感動しました。引き続きどうぞよろしくお願いいたします。

それから、私を担当してくださった編集のM様。突然の担当変更で大変だったかと思いますが、不慣れな私に色々教えてくださったり、急な通話などにも応えてくださり、大変お世話になりました。深く感謝申し上げます。まだまだご迷惑をおかけすることもあるかと思いますが、引き続きお付き合いいただけますと幸いです。

そして、『カクヨム』で私の作品を応援してくださっている皆様、いつも本当にありがとうございます。皆様がいなければ、本作品が書籍化されることはありませんでした。今後とも作品を投稿していくつもりですので、応援していただけますと嬉しいです。

最後に、本作を手に取っていただいた方、制作にかかわった全ての方にお礼申し上げます。

それではまた、次巻でお会いできることを願っております。

BKブックス

雑魚は裏ボスを夢に見る

～最弱を宿命づけられたダンジョン探索者《シーカー》、
二十五年の時を経て覚醒す～

2024年2月20日　初版第一刷発行

著　者　ミポリオン

イラストレーター　ごろー*

発行人　今 晴美

発行所　株式会社ぶんか社
〒102-8405　東京都千代田区一番町29-6
TEL 03-3222-5150（編集部）
TEL 03-3222-5115（出版営業部）
www.bknet.jp

装　丁　AFTERGLOW

編　集　株式会社 パルプライド

印刷所　大日本印刷株式会社

ISBN978-4-8211-4682-6